私たちの春

小林とし子

幻冬舎MC

目次

私たちの春

私の名前は、山川京子。この春から高校の三年生になった。私の高校は、私立の女子校で、普通科だけれど、三コースに学科が分かれている。文系コース、理系コース、英語コースの三コースだ。英語コースとは、英語の科目数の多い、英語を中心に勉強を進めていくコースだ。私は、そのうちの理系コースに在籍していて、化学と数学を中心に勉強している。

私の家庭は、三人家族で、私は両親と共に暮らしている。私の両親は高校時代からの友人同士で、長い友人時代を経たのち、恋人となり、二人が三十歳になった年に結婚をした。父は大手食品メーカーに勤務し、母は料理教室で料理の先生として働いている。母は子どもの時から料理が好きで、料理の他、パンやケーキなども作って楽しんでいる。その影響で、私も子どもの頃から料理に慣れ親しんでいる。

私は朝の六時に起床して、顔を洗って、トーストとコーヒーの軽い食事をしたあと、家族三人分のお弁当を作る。調理時間は三十分間。手際よく作業を進める。キッチンの片づけが終わると、私は歯磨きをして、学校の制服に着替え、七時半に家を出る。

家を出て、徒歩二十分で学校の門に到着する。学校は十年前に建て替えられていて、白い壁が美しい三階建の校舎だ。建て替え当時は学校の近所にある、昔、公立の中学校であった古い建物に一年間、間借りして、新校舎に建て替えたらしい。清潔な食堂も完備された気持ちの良い校舎だ。

私のクラスルームは、その校舎の三階の一室で、月曜日の一限目は、クラスメイト全員が集まって、英語の文法の授業が行われる。

「京子、おはよう」

「ああ、おはよう」

親友のリエとユミは、もう既に着席していた。

「宿題やってきた？」

「ええ、もちろんよ」

「少し難しかったね」

「うん。解答するのに時間、かかっちゃった」

「でも、仮定法は、大学入試でもよく出題されるところだから、しっかり勉強しなくちゃね」

「リエは英語コースだから、ここらへんの勉強は、よくやっているんでしょ？」

「うん。もうばっちりよ」

私たちが、そんな会話を交しているると先生が教室に入ってこられた。

「皆さん、おはようございます。全員、出席していますね。それでは今日の授業を始めていきます。まず宿題の答合わせからしていきましょう。一問目から解説しながら進めていきます」

授業は、とてもまじめに行われた。

二限目は各コースに分かれて、それぞれの教室でそれぞれ別々に授業が行われる。私は理系コース、リエは英語コース、ユミは文系コースに在籍している。

「授業が終わって、お昼になったら、またこの教室に集まって、一緒にお弁当食べましょう」

「うん。オーケー。それじゃまたね」

私たちは、それぞれの教室へと向かった。


午前中の授業が終わり、私たちは、自分たちのクラスルームに集まった。

「おなかすいちゃったね」

「うん。お弁当食べましょ」

私たちは廊下側の机を二台並べて、椅子に腰かけてお弁当を机の上に広げた。

「私たちも三年生になって、いよいよ受験勉強も始まったね」

「京子は、第一志望は、東京栄養大学の栄養学部なのよね？」

「そうよ。私、管理栄養士の資格を取りたいの」

「将来は、料理の先生になりたいんでしょ？」

「そうよ。母の勤めているジョイフルクッキング教室に私も入社したいの。その時、管理栄養士の資格を持っていると就職が有利になるのよ」

「ジョイフルクッキング教室といったら、日本全国に教室のある、大手の会社よね」

「うん。私の母は、そこでとても楽しく仕事しているのよ。だから、私もそこに入社したいの」

「リエは、英語の教師になりたいのよね？」

「ええ、そうよ。だから大学は英語科ばかりをいくつか受験するつもりよ」

「ユミは、どうするの？」

「私は、国文科ばかりを受験するわ。将来はどこかの企業に就職して、働きながら、趣味の小説を書くつもりよ。まずは働きながらお金をためて小説本を一冊自費出版したいの。それが夢なのよ」

「どんな小説を書きたいの？」

私は質問した。

「心の温まる優しいお話を書きたいわ。私たちはまだ子どもだからわからないけれど、世の中って厳しいんでしょ？　働いてお金を稼ぐって、とても大変なことなんでしょ？　だから、せめて小説の世界の中だけでも、心癒される世界を描きたいの」

「私たち、大学卒業後の将来のことまで考えていて、しっかりしているよね」

私はそう思ったので、つい言ってしまった。こんなに真剣に将来を考える女子高生なんて今時珍しいのでは？

しばらくしてユミが突然びっくりするようなことを言ってきた。

「だけど私、将来の仕事のことばかりでなく、例えば恋愛とかもしてみたいな」

「男の人に恋するって、どんなことなんだろうね」

「もう、その人のこと以外、考えられない状態になるんじゃない？」

「恋は盲目状態になるのね？」

「そうよ。そんな状態になってみたいな」

「私は、そんなのイヤよ。恋なんてしたくない。私は、いつも自分を見失わず、しっかり自立した大人の女性になりたいわ。結婚もしたいとは思わない」

「リエは、英語の教師になって、一生独身でいたいのね？」

私は尋ねた。

「そうよ。私は他人に振り回されたくないの。恋愛も結婚も自分の時間を失ってリスクばかりがあるだけよ」

「ユミは、どう思う？」

私は尋ねた。

「私も結婚は、格別したいとは思っていない。でも恋愛は、してみたいな。小説を書く上でも恋愛経験は大切だと思う」

「そう聞く京子は、どう思うの？」

リエが質問した。

「私は自然体でいたい。もし好きな人ができたら恋愛するし結婚もするかもしれない。でも、好きな人が現われなかったら、恋愛も結婚もムリしてする必要はないと思う。ただ一つだけ言えることは、私たち三人、これからもずっと親友でいたいなっていうこと。私たち三人とも、一人っ子でしょ？　高校二年の時からクラスが一緒で、生活環境が似ていて、お互い、理解し合えるでしょ？　私たち、親友であると同時に、三人姉妹でもあるようなものだと思うの。私は、リエとユミのことを失いたくない」

「そうね。私たち三人とも、一人っ子だから、本当に仲の良い姉妹みたいなものよね」

「高校卒業後は、三人とも別々の道を歩むけれど、これからもずっと親友でいたいな」

「私の両親を見ていても、仕事って、厳しいみたい。私たちも将来、大人になって社会に出た時、どんなに厳しい状況になっても、私たち三人、お互い励まし合いながら頑張っていきたいね」

私は二人に言った。

「うん。私たち、これからもずっと親友でいようね」

「そうね。そうしましょう」

私たちは、気持ちを確認し合った。


今日も一日の授業が終了し、私は帰宅した。まず手を洗って、自分の部屋へ行き、カバンを床の上に置いて部屋着に着替える。それから夕飯の準備をする。私の両親は仕事から戻るのが六時半頃なので、夕飯の準備は、いつも私が行っているのだ。今日のメニューは筑前煮。それに炊き込みご飯と澄まし汁に和風サラダ。私は筑前煮をおいしく作るのが得意だ。買い物はいつも週末に行うことにしている。日曜日に買った食材を丁寧に切っていく。ニンジン、ゴボウ、レンコン、サトイモ、コンニャク、インゲン、とりのモモ肉。それらをほどよく柔らかく煮て、しょう油と砂糖で味を付ける。私はいつも、しょう油と砂糖の割合は、一対一と決めている。ほとんどの料理がその割合で、ちょうどおいしく仕上がるからだ。炊き込みご飯は、しめじと油揚げにした。味は、めんつゆを適量入れて、鍋で炊き上げた。和風サラダはミズナとトマトにした。澄まし汁は豆腐にした。これで栄養のバランスは、かない良いはずだ。私は料理をしている時が一番楽しくて幸せな気分になれる。

夕方の六時半になって両親が帰宅してきた。両親は帰宅すると洗面所で手を洗い、寝室へと入っていった。そして部屋着に着替えて、食堂に入ってきて、ダイニングテーブルの椅子に腰かけた。私は、食器棚から食器を選び出すと、料理を盛り付けた。そして、それをテーブルへと運んだ。

「京子ちゃん、今日も、とてもおいしそうにでき上がったわね」

私は子どもの時から、母から料理を教えてもらったおかげで、色々なものをおいしく作ることができる。

父は、母からも私からも、いつもおいしい料理を出してもらえて幸せだと言ってくれる。栄養のバランスの良いおいしい料理をいただくくらい幸せなことはない。働くこと、食事をすること、睡眠をとること。これらを健康に行っていくことは、生きていく上では、とても大切なことだと思う。

「食事の準備ができました。お父さん、お母さん、いただきましょう」

「それではいただきます」

三人は両手を合わせて食事の挨拶をしてから食べ始めた。

「とり肉が、とても柔らかくて、おいしいね」

「とり肉から良いダシが出るから、ゴボウもニンジンもレンコンも味わい深いよ」

父が褒めてくれた。

「やはり和食は、良いわねえ」

「胃が休まる」

「こうやって、家族三人で食事をしている時が、父さん一番幸せだ」

「京子ちゃんは、東京栄養大学を受験するんでしょ?」

母が尋ねた。

「そうよ。あそこの大学が、管理栄養士国家試験の合格率が一番高いの」

「そして将来は、料理の先生になりたいのよね?」

「うん。お母さんと同じ、ジョイフルクッキング教室の会社に入って、料理の先生になりたい」

「それには、やはり管理栄養士の資格を持っていた方がいいわね」

「うん。就職に有利になるし。同じ料理をするのでも栄養についての知識がある方が、料理をしていても楽しいと思う」

「京子が、しっかりしているから、父さんは安心だ」

「炊き込みご飯、まだあるから、良かったらおかわりしてね」

「そうか。それじゃ、父さん、おかわりさせてもらうよ」

私たちは夕食で家族団欒を楽しんだ。

夕食が済んでから、私は食器をキッチンのシンクに運んで、食器を洗い始めた。

「京子ちゃん、お母さんも手伝いましょうか?」

「いい。お母さん、一日中立ち仕事で疲れているでしょ? ゆっくり座っていて」

「ありがとう。京子ちゃんは、本当に優しい子ね」

私は食器を洗い終えると、それらを拭いて食器棚にしまった。それからグラスに麦茶を注いで、テーブルに運んだ。

「はい、お茶」

「ありがとう」

「京子ちゃんには、いつも、上げ膳に据え膳で、お母さんたち幸せよ」

「本当に良い子どもに育ってくれて、父さんは嬉しいよ」

「お母さんとお父さんは、高校時代からの友だち同士でしょ。その年齢に京子ちゃんも成長して。お母さん、感慨深いものがあるわ」

「京子は、男の友だちはいないのか？」

「いない、いない。私は、いつも、リエとユミの三人でいるのよ」

「そうか。三人仲が良いんだな」

「今日も三人で話していたんだけど、私たち三人、姉妹みたいねって、言ってたの」

「ふうん。親友以上の仲っていうわけだな」

「そうよ。私たち、高校を卒業して進路が別々になっても、ずっと仲良くしていこうねって、今日も確認し合ったの」

「京子に、そんなに仲の良い親友がいて、父さん、安心するよ」

「お父さんたちは、高校時代から、ずっと友人同士だったんでしょ？　いつ頃から、お互いを異性として意識するようになっていったの？」

「父さんも母さんも奥手なんだよ」

「だけど、あれは、お母さんたちが二十六歳になった年よ。お父さんが会社で仕事上のミスをして、とても落ち込んだことがあったの。その時、お母さんが親身になって、お父さんの相談相手になったの。それからお母さんたちの心の距離が縮まって、お互いに、お互いを意識するようになったの」

「そして、やがて恋人になって、三十歳で結婚したというわけね？」

「京子は、理解が早いな」

「ふうん。そして私が生まれたっていうわけか」

「だから、父さんたちは、京子が高校三年生になった今が、心に深く感じるものがあるんだよ」

「お母さんたちは、京子ちゃんより三十一歳年上だけれど、人生で成長しているという点においては、お母さんたちも、京子ちゃんと同じ成長過程にいるのよ」

「人間というものは、いくつになっても、これで完成ということがなくて、一生勉強して成長していくものなんだよ」

「うん、わかった。一生何かを学びながら、日々成長しているのが人間なのね」

「そうだよ。だから父さんたちは、いつも話しているんだ。京子と一緒に父さんたちも成長しているねって」

私は、その時、両親のことを大人だと思っていたけれど、両親もまた私と同様に毎日学びの人生を送っているのだなということに気づいた。

お茶を飲み終えると、私は自分の部屋へ行って、翌日の用意を始めた。カバンの中の教科書とノートを入れ替える。制服のブラウスにアイロンをかける。ハンカチ、ティッシュ、お財布などの確認をする。それから、シャワーを浴びて顔を保湿して、歯磨きをした。そして一時間ほど勉強してから、十時半に就寝した。

五月になって、中間試験が行われる頃になった。私は入試では受験科目として化学、数学、英語を選択しようと思っている。だから中間試験の勉強も、その三科目を重点に勉強するようにしている。そんなある日の昼休みも、いつもの三人で、クラスルームでお弁当を食べていた。

「もうすぐ中間試験があるけど、勉強している？」

私は、二人に尋ねた。

「うん。なるべく学校の授業で、修得できるように努力しているけど、家でもそれなりに勉強している」

リエは答えた。

「英単語を覚えたり、私の場合、日本史も色々と暗記しないといけないことが多くてホント大変」

ユミは言った。

「勉強って、確かに大変だけれど、私たち、勉強だけに集中できる環境があって恵まれているよね」

私は言った。

「どういうこと？」

「世の中には、勉強したくても、それができない環境の人が大勢いるのよ。世界には、十歳で強制結婚させられる少女もいるのよ。それも生活のために。ほとんど人身売買みたいなものよね」

私は答えた。

「ああ、貧しい国では、そういうことがあるらしいわね」

「私たち日本の国に生まれて、両親がいて、私立の高校に通っていて、それが普通だと思って暮らしているけれど、本当は、かなり恵まれた環境にいる人間なんだと思う」

私は考えを述べた。

「そうよね。生活にも不自由していないし、学校にも通って、こうして友だちと一緒にお昼休みを過ごすことができる。確かに、私たちは恵まれていると思う」

リエが同調した。

「今の時代、日本は戦争もないし、平和で穏やかで安定している」

ユミが言った。

「今の時代の日本に暮らせている。そのことだけで充分幸せだと思う」

リエも言った。

「日本人は、道にゴミを捨てないし、電車に乗る時は整列する。落としものは、たいていの場合、落とし主の元に戻るし、礼儀正しいし。それにモノの物価は安定している。百円ショップへ行けば、こんなステキなものが百円で買えるのと思うようなモノまで売っている。コンビニは品ぞろえ豊富で、二十四時間三百六十五日あいている。電車は時刻通りに運行しているし、たいていの人が時間は、きちんと守る。宅配も充実していて、外出しなくても、ほとんどのモノが家まで届く。インフラに不備が生じれば、すぐに対応してくれる」

私は日本の国の良さを語った。

「本当にそうだわ。日本て実に良い国だわ」

ユミは同調した。

「リエはどう思う?」

「うん。実際良い国だと思う。でも私は外国にも目を向けてみたいな。世界は広いのよ。私は海外生活にも、憧れがあるな。だから私は英語も使える人間になりたいの」

「リエの言うことも理解できるけど、私はまず、日本語を正しく美しく使える人間になりたい。きちんとした日本語を使って、小説を書いてみたい。そして小説は、温かい思いやりのある内容のものを書いてみたい」

「いつかユミが本を出版したら、私にも読ませてね。きっと心が癒される、そんな小説なんでしょうね」

「あっ。もうそろそろ授業が始まる時刻よ」

「そうね。お弁当箱は、もうしまいましょう」

「次の授業も、三人バラバラね」

「それじゃ、またね」

私たちは、それぞれの教室へと向かった。


その日の夕食に、私はオムライスを作った。タマネギをみじん切りにして、とりモモ肉と一緒に炒めて、ご飯も入れて炒めて、トマトケチャップで味を付ける。フライパンで薄焼き卵を作って、ケチャップライスの上に乗せて、トマトケチャップをその上にかける。トマトとレタスとキュウリでサラダを作る。ミックスベジタブルでコンソメスープも作った。

いつものように六時半に両親が帰宅してきた。そして私たち三人家族は、いつものようにテーブルの椅子に腰かけた。そして手を合わせて「いただきます」と言ってから食事を始めた。

「今日はオムライスか。父さんの大好物だ」

「男の人って、オムライスが好きよね」

母が言った。

「このケチャップライスがおいしいんだよ」

「まるで子どもみたい」

母は笑った。

「簡単にできて、そんなに喜んでもらえるなんて、作りがいがあります」

「今晩は何の食事かなと思って、家に帰ってくるのが楽しみだ」

父は言った。

「京子ちゃんは、料理が上手だし。それに最近少しずつ大人っぽくきれいになってきたような気がするわ」

「えっ。ホントに」

「ええ、そうよ。だんだん女性らしく美しくなってきた」

「私、高校を卒業して、大学生になったらお化粧しようかな」

「そうね。そうしたらいいわ。京子ちゃんは、肌がとてもきれいだから、魅力的になると思うわ」

「髪も今はショートだけど、伸ばしてみようかな」

「そうね。京子ちゃんは髪質がいいから、セミロングくらいにしたらステキだと思う」

「服もいつもパンツスタイルばかりだったけど、ワンピースとかも着てみようかな」

「大学生になったら、色々とおしゃれしなさい。人の心を引きつけて夢中にさせるような、そんな女性になっていいのよ。誰にも遠慮することないわ」

「父さんは、京子に近寄り難くなってしまうな」

「料理が上手で、仕事もして経済的に自立して、美しくなったら、男性から声をかけられるようになるかもよ」

「なんだ。父さんは心配だ」

「大丈夫よ。私、男の人には全く興味がないから。声なんてかけられても素通りします。お母さん、変なことばかり言わないで」

「京子ちゃんが、きれいになってきたから言うのよ」

「私は、大学へ行ったら、管理栄養士の資格を取るための勉強をします」

「そうだ。それがいい。その方が父さんは安心だ」

「私は男の人のことを考えるよりも、自分が精神的に経済的に自立するためのことを考える方がよっぽど関心があるわ。私は基本、男の人になんか振り回されたくないのよ。いつもしっかり自分の脚で立って、自由でいられる環境を作っておける、そんな大人の女性になりたいの」

「お母さんも若い頃は、そうだった。だから自分の好きな料理の道で、自立していたのよ。だけど、ある時から、お父さんと恋してしまって。恋心は、ある時、突然降ってくるように自分の心の中に現われるものなのよ」

「うん。その時が来たら、私も恋するかもしれない。でも今は全然考えられない。自分が恋するなんて、想像もつかない。とにかく今は勉強と料理のことだけ考えていたい」

「父さんも、それに賛成だ」

「京子ちゃんは、しっかりしているわね。お母さんは京子ちゃんを応援するわ」

「食事が終わって食器を洗ったら、私、勉強しなくちゃ。もうすぐ中間試験があるの」

「だったら、食器洗いは、お母さんがするわ」

「ホントに？　それでは、中間試験が終わるまでの間だけ、お母さんにお願いします」

「了解よ」

「それじゃ、お言葉に甘えて。ごちそうさまでした。今日は、もう自分の部屋へ戻るわ」

「そうね。そうしてちょうだい」

私は、自分の部屋へと戻っていった。

七月になって、夏休みになった。でも、私は通常通りに朝の六時に起床する。そして両親のために二つお弁当を作る。洗濯機を回して、洗濯物を干す。夏の晴天の日は、日差しが強くて、洗濯物は、よく乾く。両親は朝の七時に出社する。そのあとは、家で私一人だけの時間が始まる。スマホで音楽を部屋の中に流しながら、ダイニングとリビングの床をワイパーできれいにする。それから、アイスティーを作る。グラスに氷をいっぱいに入れて、そこに熱い紅茶を注いでストレートのアイスティーを作るのだ。そしてリビングのソファに腰を下ろして音楽を聞きながら、ゆっくり朝のひと時を味わう。

私の家はマンションで、リビングダイニングの他に、両親の寝室と私の部屋がある。私の部屋は、フローリングだけれど、私は部屋には、コタツを置いて、そこで勉強をする。寝具もベッドではなくて布団を敷いている。私の部屋にはクローゼットがついていて、服や下着、カバン、本などは、全てその中に納められている。

私の家は東京都の新宿区にあって、両親の実家も、私の家の近所にある。私の両親は、この土地の地元出身者なのだ。だから私は、週末はよく祖父母の家に遊びに行く。両祖父母とも、私のことをよく可愛がってくれる。私は両親からも大切に愛されて育ててもらって、とても幸せな人間だと思っている。

両親が共働きなので、私は幼少期は保育園で育ったが、小学校にあがってからは、放課後は、両祖父母の家で面倒を見てもらった。そして、両祖父母の家で、おやつをいただいたり、宿題をしたりした。夕方、両親が帰宅する頃を見計らって、私も家へ戻っていった。

私が中学を卒業するまでは、母が夕食を作ったけれど、高校生になってからは、私が夕食を用意するようになっていった。朝のお弁当作りも、私が担当するようになっていった。


八月になったある日、リエからオンラインで電話があった。

「あっ、京子、リエだけど」

「うん、久しぶり」

「元気?」

「ええ、おかげ様で元気よ」

「勉強してる?」

「ええ毎日三時間くらいしている」

「ところで、私、今、京子に聞いてもらいたい話があるんだけど」

「何?」

「できたら会って話をしたいの。明日、時間があったら、会いたいな」

「いいわよ。私の家に来ない？」

「いいの？　そしたら、お邪魔させてもらうわ。ユミにも聞いてもらいたいの」

「そう。そうしたら、久々に三人で会いましょう」

「ユミには、私から連絡するわ。明日の午後一時に集まるのでいい？」

「大丈夫よ。それじゃあ、明日の一時に待っているわ」

「ありがとう。それでは、その時にまた」

「ええ、わかったわ。じゃあね」

「よろしくね。バイバイ」

私たちは、電話を切った。


翌日の午後の一時になり、リエとユミの二人が、私の家にやってきた。

「こんにちは。久しぶり」

「どうぞ上がって。私の部屋でゆっくりしましょう」

「ええ。ありがとう」

私は、二人を私の部屋へ案内した。それから私はアイスティーを作って、自分の部屋へと運んだ。

「お茶どうぞ」

私は二人にアイスティーをすすめた。

「私ね。二人に聞いてもらいたい話があるの」

リエが言った。

「改まっちゃって。一体、何?」

私は聞いた。

「実はね、私、恋をしちゃったみたいなの」

「えっ、ウソ。だってリエ、恋なんかしたくないし、結婚もしないって言ってたじゃない」

ユミが言った。

「そうよ。恋なんて時間を奪われてリスクだって言っていたよね」

私も言った。

「うん、そうなのよ。だから自分でも意外過ぎて驚いているの」

「一体、どんな人?」

「今、二十八歳で商社に勤めている男の人なの」

「どこで知り会ったの?」

「この間、私の家で出会ったの」

「家で？　どういうこと？」

私は尋ねた。

リエの父は高校で数学の教師をしているが、学校には英語の教師をしているアメリカ人がいる。彼は高校の時ホームステイで来日して、すっかり日本のファンになり、日本の大学を卒業して父と同じ高校の英語の教師になったのだ。その先生の家族が先日、リエの家に遊びに来て一緒に昼食をしたという。リエのお父さんとその先生は同い年だけど、お互いの子どもの年齢は十歳離れていて、その男性は二十八歳。今は商社に勤めているらしい。

「フムフム」

私は頷いた。

「奥さんは日本人でね。子どもはだからハーフなの。子どもは一人だけなの」

「その子どもが、二十八歳になる商社勤めの人というわけ？」

ユミが聞いた。

「そうなのよ。身長が一八〇センチくらいあって、ハンサムで英語と日本語のバイリンガルなの」

「私の母が、恋心は、ある時、突然降ってくるように心の中に現われるものだって言っていたけど、まさにそれね」

　私は先日母が言っていた言葉を思い出していた。

「リエ、その人、英語が使えるから好きになったんじゃない？」

　ユミが質問した。

「うん。多分それもあると思う。私、自分が努力して英語を身に付けようとしているから英語が話せるっていうだけで、もう私の好きな人の範囲に入ってくるんだと思う」

「その上、ハンサムときている」

「身長も一八〇センチもある」

　私は言った。

「商社に勤めている」

「フム、恋なんて必要ないと言っていたリエが恋に落ちた理由がわかるような気がする」

　私は納得した。

「それに私とその人、とてもよく会話が弾むの。一緒に話していてとても楽しいのよ」

「でも、十歳も年上なんて、ずい分、年齢が離れているわね」

　ユミが言った。

「ううーん。全く年の差なんて感じさせない。感性が若々しいの」

「それにリエもしっかりしていて、大人だしね」

「精神年齢的には、ちょうどバランスが取れている感覚があるの」

「そうか。リエもとうとう恋に落ちたのか」

「私とその人、まだ一回しか会ったことがないの。でもお互いに気に入って、メールアドレスの交換もしたのよ」

「まずは友だちになりましょってことね」

私は言った。

「でも、その人、本当にフリーなの？　彼女とかはいないの？　そんなステキな人だったらもう彼女がいるんじゃないの？」

ユミが心配した。

「わからない。いるのかもしれない。誰にでも友交的で親しくなるタイプの人なのかも」

「それも、友だちとして付き合っていくうちに、少しずつわかることよね」

私は言った。

「うん。会っていきなり、彼女さんはいるんですかとは、聞けないもの」

「友だちとして付き合っていくうちに、色々と相手の欠点も見つかるかもしれない」

ユミは言った。

「そうよね。まずは友だちとして付き合っていって、少しずつ相手のことを見極めることも大切よね」

私は言った。

「それに、私、今は受験生だし。まずは、勉強をしっかりやらなくちゃとは思ってる」

「リエは、まさに今、青春、まっただ中にいるね」

「ああ、受験と恋か」

私は、母の言った言葉、恋心はある時、降ってくるように心の中に現われるというのを、頭の中で繰り返していた。あんなに恋愛に拒否反応を示していたリエが恋に落ちるなんて。自分にもいつかそんな日がやってくるのだろうか。でも、今は、精神的に経済的に自立した大人の女性になることに全神経を集中させたい。

それに私は、本当に男の人には全く興味が湧かないのだ。多分、私は、まだ精神が子どもなんだと思う。私は男の人のことよりも、今晩の食事の献立を考えたり好きな音楽のメロディーを聞いたり、両親と家族団欒を楽しんだり、リエとユミとおしゃべりをしたり。そういうことの方が、毎日が充実していていいなと思っていた。それに恋に盲目になるなんて。そんなことストレスになってバカらしいと思われた。両親やリエとユミと時間を過ごすことの方が、はるかにずっと楽しくて幸せだと思う。今のままの生活スタイルで充分満足していて、恋愛なんて、私の日常のすきまに入り込む余地なんて、これっぽっちもないと思った。

九月になって、二学期が始まった。私たち三人は、いつものように、お昼休みに一緒にお弁当を食べていた。

「京子とユミ聞いてくれる？」

「何？」

私は尋ねた。

「いつか話した彼のことなんだけれど」

「どうしたの？」

「彼、今度から毎週日曜日の午後に私の家に来て、私に英語を教えてくれることになったの」

「えっ、ホントに？」

私は驚いた。

「彼の名前、正樹さんていうんだけれどね、私、正樹さんに思い切って彼女さんはいるんですかって、メールで聞いてみたの。そしたら、今はいなくて週末は暇にしていますと返信があったの。そして僕で良かったら、英語の勉強を見てあげますよということになったの」

「わー、スゴい」

「良かったじゃない」

「うん。私、嬉しい」

「恋と勉強、同時進行して、理想の青春じゃない」

「両親もね、喜んでくれているの。彼のお父さんと私の父は仲の良い同僚同士でしょ。父は、しっかり勉強を見てもらいなさいって言ってくれるの。そして勉強が終わったあとは、母が夕食を用意してくれて、私の家族と正樹さんの四人で一緒に食事をすることになったの」

「家族ぐるみの付き合いをするのね」

　私は喜んだ。

「そうよ」

「彼のことをよく知るチャンスじゃない」

「ええ。彼が英語が使える人という段階で、私の理想の人というハードルは越えているの。外見も、申し分ないし。大手商社にも勤めているし。親同士もよく知った間柄だし。あとは、彼の人柄を知ることができれば、私と正樹さん、恋人として発展していくようになるかもしれない」

「半年前には、恋人なんていらない。時間が奪われてリスクがあるだけよと言っていたリエなのに」

ユミが言った。

「この変わりよう」

「ホント、自分でも信じられない。こんなに自分の気持ちが変化するなんて」

「彼女さんがいなくて、ラッキーだったね」

「うん。彼女さんがいるかどうかについて尋ねるのに、すごく勇気が必要だったけど、思い切って聞いてみて良かった」

「普通は、娘に好きな人ができた時、親は、相手がどんな男か、心配するものだけれど、リエの場合は、まず父親同士の仲が良かったというのも、幸いしたね」

「リエのお父さんが、彼の家族を家に招待した時に、もう既に、リエのお父さんの心の中には、リエと正樹さんが、親しくなるのを望んでいたんじゃないの？」

私は感想を言った。

「ええ。もしかするとそうかもしれない」

「年頃の娘に、むしろ、良い男性を紹介してみたいくらいの積極的な気持ちがお父さんの心の中にあったのかもね」

私は言った。

「うん。それは言えてるね」

ユミも同調した。

「これからの私の恋の行く先を、京子とユミの二人で見守ってね」

「ええ、もちろんよ」

「応援するわ」

私たち三人は、仲間のうちの一人に好きな人ができたことにワクワクしていた。私たち三人は、これまで三人のうち誰も恋したことがある人間がいなかったので、リエが、最初の恋愛体験者となることに、未知との巡り合いのような感覚を味わっていた。

十月になって季節は秋になった。私たち三人は、それぞれ受験勉強に、毎日の日常生活に、仲の良い友情に時間を費やしていた。私たちは、いつものように三人でお弁当を食べていた。

「二人とも聞いて。私、昨日、青空文芸社に、小説の原稿を送ったの」

「ホントに？」

「小説、三年生になっても書き続けていたの？」

私は聞いた。

「ええ。受験勉強の合間を縫って書き続けていたの。青空文芸社で新人発掘のための文芸コンテストがあって、それに応募したの。もしコンテストで一番に選ばれれば、電子書籍化してくれるのよ」

「そうか。ユミは、コツコツと夢を追い続けていたのね」

私は言った。

ユミの両親は本屋を経営していた。ユミの両親は本が好きなのだ。その影響でユミも子どもの頃から読書をするのが好きだった。そして、いつしか自分も小説家になることを夢見るようになったのだ。

「コンテストで一番になれるといいね」

私は言った。

「ええ。私、いつか自分の書いたものが書籍化されたらいいなと思っているの」

「どんな内容のものを書いたの？」

私は質問した。

「高校三年生の女子学生の友情についてよ」

「えっ。それってまるで私たち三人のことみたいじゃない」

リエが言った。

「そうよ。私たち三人のことについて書いたの」

「素材は、すぐ近くにあるというわけか」

私は言った。

「そして、それは、ハッピーエンドなの？」

リエが質問した。

「そうね。ハッピーエンドね。最後の場面は、卒業してそれぞれの人生を歩んでいくというものよ」

「それぞれの人生を歩んでいくのか」

私は言った。

「別れは、新しい人生の始まりという内容で最後を締めくくったの」

「それには、私の恋愛ストーリーも盛り込まれているの？」

「ええ。登場人物の一人は恋もするのよ」

「ところでリエの恋物語は順調に行っているの？」

私は質問した。

「ええ、おかげ様で。彼とは、徐々に親しさを増していっているわ。この間の日曜日も、彼は私の家に来て、英語の勉強を見てくれたわ。彼はバイリンガルでしょ。だから、英語の発音もナチュラルだし、英文法の説明は日本語でしてくれるし、ホントに良い家庭教師よ。私、彼のことを尊敬しているの。学校の先生よりも、英語に関しては、彼の方がずっとレベルが上を行っていると思う。私は子どもの時から英語を使える人間になりたいって、ずっと思っていたから、彼のように英語が自然と身に付いている人に憧れがあるのよ。それに、彼は、ホントに実にイケメンよ。彼の横顔には、うっとりしてしまう。彼の祖先はドイツ人なの。だからドイツ系の血とお母さんの日本人の血が混じって、こんなに美しい顔があるのかと思うほど彫りの深い甘い表情をするの。彼の笑顔を思い出しただけで、天にも昇るほどの幸福な気分になるわ」

「わかった、わかった。リエは正樹さんに、心の底から恋しちゃっているのね」

私は言った。

「ええ、そうよ。自分がこんなに男の人に夢中になるなんて、想像もしていなかった」

「勉強のあとは、リエの御両親と一緒に四人で夕食もとるのよね？」

私は質問した。

「ええ、そうよ。私の両親も彼のことをとても気に入ってくれていて。彼は、とても明るい性格の人なのよ。絶対にネガティブなことは言わない。人の悪口も言わない。物事に常に感謝の気持ちを抱いていて、とても謙虚なの。それに食事の仕方もきれいよ。人に不快感を与えるようなことは、全くしないの。お箸の使い方が美しくて、とても品がいいの」

「正樹さんは、リエの御両親からも、良い印象を持たれているのね」

私は言った。

「父は、正樹さんに満足しているわ。父は彼のお父さんとは、とても仲がいいの。彼のお父さんが、アメリカ人というのは知っているでしょ？　アメリカ人なんだけれど、日本に対して、とても理解が深いらしいの。彼のお父さんは、日本のことが大好きなのよ。それに彼の家族は、とても家族仲が良いんですって。彼の御両親はとてもよく愛し合っていて、お互いに尊敬し合っているんですって。そして正樹さんは御両親の深い愛情を受けて育ったんですって。自分がポジティブで素直な性格に育ったのは、御両親の深い愛情に恵まれて育ったおかげだって言うのよ」

「ふうん。リエと正樹さんは、お互いの理解を深め合っているのね」

私は言った。

「ええ、そうよ。正樹さんも、私のことは気に入ってくれているみたい。私のことを賢いお嬢さんって呼ぶの。ただ美しいだけの女性は世の中に大勢いるけれど、真に賢いと言える女性は、そんなに多くはないって。彼は、私は賢明で誠実な女性だと言って、褒めてくれるの。私と彼は、お互いに信頼し合っているのよ」

「このまま順調に交際が続いたら、リエと正樹さん、本当に恋人同士になるかもね」

私は言った。

「決めた。私の次の小説の内容は、十八歳の少女の恋の物語にするわ」

「何でも素材になるのね」

私は言った。

「いいことも、良くないことも、人生で起こることは、何でも小説化できるのよ」

「リエの恋が成就しますように」

「私もリエの幸せを祈っている」

「二人ともありがとう。これからも私と正樹さんのことを見守ってね」

「うん。私たち三人にとって、初めての恋愛体験だものね」

「私たち三人で、リエの恋愛を大切にしていこうね」

私たちは、三人で見つめ合いながら頷き合った。

十一月になって、銀杏の木もすっかり黄葉した。暑くもなく寒くもなく、空気も澄み渡り、私は一年のうちで、十一月が一番暮らしやすいと思っている。そんなある日の昼休みも、私はリエとユミの三人で、お弁当を食べていた。

「私、今、悩んでいることがあるの」

私は尋ねた。

「リエ、どうしたの？」

「実は、私の彼、正樹さんのことなんだけれどね。彼、来月、ニューヨークへ転勤することになってしまったの」

「えっ。それじゃあ、二人は離れ離れになってしまうのね？」

私は心配した。

「それがね。私、プロポーズされたの」

「ウソ。本当に？」

私は驚いた。

「本当なの。高校を卒業したら、私にも、ニューヨークへ来て欲しいって言われたの」

「一体どうするの？」

私は質問した。

「今、迷っているのよ。だって私、まだ十八歳でしょ。正樹さんのことは好きだけど、結婚するには、まだ早過ぎる気がするの」

「リエの御両親は、何ておっしゃっているの？」

私は尋ねた。

「正樹さんは、とてもしっかりしたいい人だから、私の好きなようにしなさいって言うの」

「独身主義を宣言していたリエに、結婚話が持ち上がるとは。人生、どんな展開が待ち受けているかなんて、全くわからないわねえ」

私は腕を組みながら言った。

「私、子どもの時から英語を使う人間になることに憧れがあるし。海外生活にも魅力を感じているし。それに正樹さんて、本当にステキな人なの。だから思い切って、高校を卒業したら、ニューヨークへ行ってしまいたいなという気持ちが大きいの。だけど、私ってまだ大人になり切れていないところがあるから、結婚は少し早いような気がして不安があるの」

「フウム。確かに、十八歳はまだ子どもから大人になり切れていない年齢だよね。社会経験もないし」

私は言った。

「実は私も、今、悩んでいることがあるの」

「ユミまで、一体どうしたの？　何があったの？」

　私は尋ねた。

「私の両親が経営している本屋を閉店することになったの。今、本屋不況なのよ。今の時代、本は、どんどん電子書籍化して、紙の本が売れなくなっているの。それで私の家も、店を閉じることになったの」

「それは、大事件じゃない」

　私は驚いた。

「そうなのよ。だから、私、大学進学は諦めて、どこかの企業に就職しようかなと思っているの。奨学金を得て進学するっていう方法もあるんだけれどもね、私が進学できる大学のレベルは、たかが知れているでしょ。ムリして奨学金を借りてまで大学進学する意味は、ないなと思っているの」

「二人とも、今、人生の重大な岐路に立っているというわけね」

「どうしよう。本当に悩んじゃう」

「私は、ほぼ就職することに決めている。何しろ生活しなくちゃいけないから。それに人生における、いいことも、良くないことも、何でも小説化できると思っているから」

「ユミは、何でも前向きにとらえてエライ」

私は言った。

「私も、思い切って結婚しちゃおうかなあ」

私は大学進学だけが人生じゃないと思った。むしろ大学進学なんて平凡過ぎて、つまらないものなのかもしれない。自分の人生のことなんだから、自分が主人公になって、どうすべきか悩むだけ悩めばいいと思った。こう言う私は冷たいように感じられるかもしれないけれど、十年経って考えた時、あの時、あのように判断して良かったと思う時が、必ず来ると思った。

「私は就職の道を選択すると思う。確かに大学進学だけが人生じゃないと思ってる」

「いずれにしても、高校生活は、高校生らしくちゃんと過ごそうね。勉強したり、友情を育んだり」

私は言った。

「ええ。そうするつもりよ。学生生活もこれがラストだと思って、思いっ切り味わうつもり」

「ユミは、本当にエライなあ。いつでも元気で積極的。そういうところが、私、ユミの好きなところよ」

私は言った。

「ありがとう。大人になれば学歴なんて、たいしたことじゃなくなると思う。それよりも人間関係とか、明るさとか、元気、前向き、感謝の気持ち。そういったものの方が大切になっていくと思う」

「そうよ。明るい元気な気持ちが一番」

私は言った。

「私も、結婚の道を選ぼうかな。私は正樹さんのことが好き。それにニューヨークにも行ってみたい。私、子どもの頃から、いつも思っていたの。いつかは、日本から海外へ飛び出して新しい世界の中で暮らしてみたいって。今が、それを実現する時期に来ているのかもしれない」

「そうよ。自分の力で人生を切りひらいていこう」

私たちは、話をしながら、お互いに力強いものを感じていた。


新年も明けて、一月になり学校も三学期が始まった。私は受験勉強は、東京栄養大学の過去問題集で学習していた。過去問題を問くことで、その大学の出題傾向を知ろうと思っていた。英単語帳で英単語の暗記もした。三年生の三学期は、授業は午前中だけで、午後は、各自、自習して過ごすことになっている。私たち三人は、ある日の午後、空き教室に集まっていた。

「京子とリエに報告したいことがあります」

「何？」

私は尋ねた。

「私、大学進学はやめて、就職することに決めました」

「ああ、やはりそうするのね」

「だけど、とても良い知らせがあります」

「どうしたの？」

「私、以前、青空文芸社のコンテストに応募したことがあったでしょ？」

「うん」

「その青空文芸社から昨日電話がありました」

「うんうん」

「コンテストの結果は二番で入賞はしませんでした」

「うん」

「でも、とてもよく書けていて、将来を期待できるから、これからも頑張って欲しいという内容の電話だったの」

「スゴイじゃない」

「それでね、私、話をしたの」

「何を？」

「実は、私の両親の経営する本屋が閉店することになって、自分は大学進学を断念して、就職しようと思っているって話したの」

「そうしたら何て言われたの？」

「そうしたらね、うちの会社に来ないかって言われたの」

「えーっ」

「一から指導していくから、編集者になってみないかって言われたの」

「やったー」

「それで私、ぜひお願いしますって、即答したの」

「おめでとう」

「うん。ありがとう。私、子どもの時から本が大好きで、本に関する仕事に従事できることになって本当に嬉しい」

「良かったね。私も嬉しいよ。本当におめでとう」

「京子たち聞いてくれる？　私も報告したいことがあります」

「何？」

　私は尋ねた。

「私、結婚することに決めたの」

「決心がついたのね」

「ええ、そうよ。正樹さんのようにステキな人とは、もう巡り会えるとは思えないし。それにニューヨークでの生活にも夢と希望を持っているの。私、子どもの頃から海外生活に憧れがあったでしょ？　英語も使ってみたいし。彼は、もう既にニューヨークへ転居したんだけれどね、私も高校の卒業式を終えたら、彼のところへ行くことにしたの」

「二人とも新しい人生が始まるんだね」

「ええ、私、今、とても晴れ晴れとした気分よ」

　ユミは言った。

「私も、正樹さんとのニューヨーク生活に期待で胸をふくらませている」

「そうか、二人とも卒業後の道が決まったのか。あとは私だけね」

「そうよ。受験勉強、頑張ってね」

「ええ。頑張るわ。二人の進路が決まって、私も勇気がもらえる」

私たちは明るい表情で喜び合った。

そして二月になり東京栄養大学の受験の日になった。私は大学のキャンパスへと向かった。私の高校からも数名が受験することになっている。私は過去問題集を何回も繰り返し解いたので、その大学の入試問題には慣れている感覚があった。英単語もイディオムも、単語帳、まる一冊暗記した。私は、どうしても、この大学に入学したい。そして、管理栄養士の資格を取って、将来は、ジョイフルクッキング教室で料理の先生になりたい。私は、料理が好きなのだ。自分の好きなことをしながら、生計を立てられるくらい幸せなことは、ないはずだ。私は、精神的に、経済的に自立した大人の女性になりたい。私は、自分で自分のことを、芯のある人間だと思っている。他人に左右されない、自分の考えをしっかり持った人間だと思っている。それに、自分は明るくて積極的で、どんな困難も乗り越えていくだけの精神力を持った人間だとも思っている。だから、あとは、自分の好きな料理の道で、生計を立てられるようにすればいいだけの話だ。この大学に入学することは、その第一歩となるはずだ。

そして大学入試が終わり合格発表の日が来た。結果は、みごと合格。私は喜びでカラダが満たされた。私は、すぐにリエとユミに報告した。私たち三人は、三人の将来が決まったお祝いをするために、私の家に集まることになった。

二月の下旬、リエとユミの二人が、私の家へやってきた。

「お邪魔します」

「どうぞ上がって。私の部屋で待っていてくれる？」

私はキッチンで温かいミルクココアを作ると、それを自分の部屋へと持っていった。

「カラダが温まるからどうぞ飲んで」

「ありがとう」

「京子、大学合格おめでとう」

「うん。ありがとう」

私たち三人はコタツに入って、ゆっくりくつろいだ気分になっていた。

「私たち三人、進路が決まったね」

「三人三様、全く別々の道になったね」

「私は、まさかリエが結婚することになるとは、一年前は、全く想像もしていなかった」

私は言った。

「本人の自分が一番驚いている」

「リエ、恋愛もしたくないし、結婚もしないって宣言していたものね」

ユミが言った。

「人生、どんな展開が待っているかなんて、全くわからないわね」

私は言った。

「ええ。私も一年前は就職することになるとは、全く考えていなかった。それが出版社に入社することになるなんて。私は、しっかり仕事の指導を受けて、立派な編集者になるつもりよ」

「うん、頑張ってね。私も、まずは管理栄養士の資格を取るために、努力して勉強するわ」

「私たち高校二年の時からの付き合いだものね」

「そうよ。青春時代を共に過ごした親友同士よ」

「リエはアメリカに行っても、オンライン電話で会話することができるよね」

「うん。これからも仲良くしていこうね」

「私たち、高校を卒業しても、ずっと親友でいようね」

私たち三人は、ほほ笑み合った。春は、もうすぐそこまで来ている。私たちの新しい春も、優しい桜の花の色のように、うららかに始まろうとしている。

絵画教室

二月も下旬になって、まだ寒いながらも、昼間は日差しもほっこり暖かさを感じられるようになってきた。ここ東京・神楽坂も行き交う人々の表情が、心なしか、春に向かって明るく感じられる。私は、この地に生まれ、この地で育ち、今もこの地に暮らしている。

私は今年の一月に六十五歳になった。大学卒業後、都内のシンクタンク企業に就職して、経営コンサルティングの仕事に従事し、一月で定年退職した。無事に定年を迎えることのできた今は、ほっと安心している。

私は独身で、一度も結婚は、したことがない。大学は、経営学部で経営学を学んだ。中学・高校時代は、部活は美術部に所属し、主にデッサン画を描いていた。そんな関係もあって、定年後は、またデッサン画をやりたいと思って、インターネットで絵画教室を探していた。そして飯田橋に、絵画教室があるのを発見した。先生は、東京芸大の美術学部絵画科を卒業していて、その人の個性に合った絵画を自由に描かせてくれるという内容のことが書かれてあった。それで、私は、すぐにその絵画教室に電話をして、体験入学させてもらうことになった。教室のクラスはほぼ満席で、土曜日の午前のクラスなら空きがあるということで、二月の最終土曜日に参加させてもらうことになった。画材は先生の方で用意して下さるということで、私は手ぶらで教室に行くことになった。

その約束の土曜日になって、私は神楽坂を下って、飯田橋へと向かった。その絵画教室丁の交差点を渡った、千代田区側のマンションの一室にあった。その一室は、坪ほどの広さで、イーゼルが十台並べられていた。入り口を入ると右側に流しがあって、その向こう側にトイレがあった。流しの区画には棚があって、カンバスやスケッチブック、画材の入った用具入れなどが収められていた。

私が入り口のドアを開けると、男性がトイレの掃除をしているのが見えた。

「こんにちは。先日電話をした坂元ゆきです」

男性が振り向いて私の方を見た。

「ああ、坂元さんですか。私は、このアトリエを主催している中島です」

「すみません。約束の時刻より早く到着してしまって」

「構いませんよ。アトリエの中へ入って、椅子に腰かけて、皆が集まるまで待っていて下さい」

「はい。お邪魔させていただきます」

私はアトリエの中へと入ってゆき、たくさん置かれている椅子の一つに腰かけた。十分ほどして、人々がアトリエの中に入ってきた。人々は、イーゼルの上に、カンバスやスケッチブックを置いたり、イーゼルの横にあるテーブルの上に画材を広げ始めたりした。

そして先生もアトリエの中へ入ってきて、私に挨拶をした。

「改めまして。私がこのアトリエを主催している中島です」

「こんにちは。はじめまして。私が体験入学をさせていただく坂元ゆきです」

「ようこそいらして下さいました。お電話では、学校の部活で美術部に所属していらしたということで」

「ええ。中学・高校時代、美術部で、主にデッサン画を描いていました」

「それでは、絵を描くことには、慣れていらっしゃいますね」

「ええ。絵を描くことは、子どもの時から好きで、よくイラストのようなものも描いていました」

「今日は、僕の方で、鉛筆と消しゴムと画用紙とりんごを一個用意したので、まずはこのりんごのデッサンをして下さい。その前に、クラスの皆に、坂元さんを紹介しますよ」

先生は、そうおっしゃると、十台あるイーゼルの一つの前に私を立たせて、クラスの皆に向かって私を紹介し始めた。

「皆さん、おはようございます。今日は、体験入学でお一人、このクラスに参加される方がいます。坂元さんです」

らは。はじめまして。坂元です。今日は体験入学に参加させていただくことにな
くお願いします」

私はそう挨拶をすると、クラスの皆は、にこやかに会釈をした。

クラスは朝の十時に始まり、二時間、絵を描き、十二時からは、三十分間かけて先生が品評会をして下さる。品評会は、イーゼル十台を横一列に並べて、それぞれの作品に、先生がアドバイスをして下さるというものだ。皆もぐるりとイーゼルを囲んで、先生のおっしゃるアドバイスに耳を傾ける。私が描いたりんごのデッサン画は、とても写実的で自然な感じがして、良いと思いますと、先生におっしゃっていただけた。

十二時半に品評会が終わると、皆はそれぞれ、カンバスやスケッチブック、画材などを、流しのところにある棚に収め始めた。そして、皆は各自、さようならの挨拶をすると、アトリエを出ていった。

私は、この絵画教室の雰囲気が、とても気に入って、その日のうちに入会を決めた。私のクラスは、毎月、第二と第四の土曜日の午前中に行われて、月謝は、月に七千円だとのこと。月謝は前月第四土曜日に納めて下さいと、先生がおっしゃった。そして次回からは、スケッチブックと画材は、自分で用意して持ってきて下さいねと言われた。それで私は、教室が終わったあと、帰り道に、神楽坂にある文具店に立ち寄り、スケッチブックと4Bと3Bの鉛筆と消しゴムを買った。私は、翌月の三月から絵画教室の生徒として絵を描く準備をしたのであった。

私は家に戻ると手を洗い、コーヒーをドリップし始めた。そして冷蔵庫から、朝、用意してしまっておいたサンドイッチを取り出して、テーブルの上に置いた。コーヒーがドリップし終わると、それをマグカップに注いで、サンドイッチと一緒に食事し始めた。

食事が終わると、食器を流しで洗って、拭いて、食器棚にしまった。それから寝室へ行ってベッドの上に横になって、今後の時間の過ごし方について考え始めた。月に2回、絵画教室に行って時間を過ごす以外は、これといって、特別するようなことは何もない。私の友人は皆結婚をしていて家族がいる。皆、それぞれ家庭のことで忙しいはずだから、私と時間を過ごすような人は、ほとんどいないはずだ。私には、妹が一人いて、夫と共に横浜に住んでいる。

妹は、今、六十三歳で、妹の夫も妹と同じ歳だ。二人は高校の同級生で、その時代から、ずっと二人で付き合っていて、今に至るまで、二人一緒にいる。妹夫婦には、二人息子がいるが、二人とも独立して、実家を出ている。妹の夫は、大手食品会社でサラリーマンとして働いていて、定年退職するまで、あと二年ある。

月曜日になって、私は妹にオンラインで電話した。絵画教室に通うことになった報告をするための電話だ。週末は、妹の夫が休みで家にいるので、いつも電話するのは遠慮している。

「幸子ちゃん、私よ」

「ああ、お姉ちゃん」

「先週土曜日に、絵画教室に体験入学してきた」

「どうだった？」

「うん。とても良い雰囲気で、私、入会することに決めた」

「良かったね」

「ええ。また青春時代に戻った気分よ」

「お姉ちゃん、子どもの時から、絵を描くのが好きだったよね」

「ええ。絵を描いているとリラックスして、とても楽しい。ところで今日は太郎さんは仕事でしょ？」

「ええそうよ。太郎さんも、あと二年で定年退職でしょ。だから、やり残しのないように一生懸命仕事しているみたいよ」

「私は先月定年退職したじゃない。忙しい毎日から急に暇になって、時間を持て余しているわ」

「本を読んだり、音楽を聞いたり、料理したり。あまり予定は立てずに、気の向くままに楽しく毎日を過ごせばいいんじゃない？」

「そうよね。今まで忙しくしてきたから、ゆっくりすればいいのよね」

二人で、そんな会話をしながら、私は高校時代の頃を思い出していた。私は独身だけれど、これまで付き合った人が、全くいなかったわけではない。私にもそれなりの恋愛物語があったのだ。

あれは、今から四十九年前。私は新入生として高校の門を入っていった。道の両側には桜並木があって、優しい薄ピンク色の花びらが、ひらひらと静かに舞い降りていた。私は、これから始まる新しい学生生活に胸をふくらませていた。

一学年は全部で八クラスあって、私は一年三組に加わることになった。クラスには生徒が四十名いて、男女の割合はほぼ半々だった。

私の席は一番窓側の前から五番目だった。私の席からは、学校のグラウンドが見えて、グラウンドを囲むようにして植えられている桜の花がとても美しかった。私の中学からも数名がこの高校に入学していて、顔を知っている人がいるおかげで安心感があった。

部活は、私は美術部に入ると決めていた。私は子どもの時から絵を描くのが好きで、中学時代も美術部に所属していた。四月の半ばになって、私は美術部を訪ねていた。美術部は特に部室というものがなく、活動は放課後の美術教室を使って行われた。スケッチブックと画材は、クラスルームのロッカーに収めていた。

私の高校は、必ず部活に所属しなければならないという規定はなく、部活をしたい人だけが各自、自分の好きな部活に所属することになっていた。だからクラスの半分くらいの人は、放課後は自宅へと戻っていった。

放課後の美術教室を訪ねると、先輩たちが八名集っていた。

「こんにちは」

「はい」

「あのう。美術部に入部したいんですけど」

「新入生？」

「はい、そうです」

「どうぞ。大歓迎よ」

「よろしくお願いします」

「名前は？」

「坂元ゆきといいます。一年三組です」

「画材は用意してきた？」

「はい。スケッチブックと鉛筆を持ってきました。私はデッサンをしたいんです」

「それじゃあ、今日から一緒に始めましょう」

先輩はそう言うと、各自、自己紹介を始めた。その日から私は、美術部の部員になった。

美術部の部活は、毎週月曜日と木曜日の週二回放課後に行われる。私は月曜日に入部したが、次の木曜日の部活の日になって、また一人新入生が入部してきた。その新入生は自分を、「大内陽平です。一年八組です」と紹介した。先輩は、私とその新入生に、「何と呼ばれているの」と聞いた。それで私は、「いつも、子どもの時から、ゆきちゃんと呼ばれています」と答えた。その新入生は、「陽平と名前で呼ばれています」と答えた。先輩は、「では、部活でもゆきちゃんと陽平で呼ぶことにしましょう」と言った。

陽平も、中学から部活は、美術部に所属していて、水彩画を描いているとのことだった。その後は、新入生の入部は誰もいなかった。それで一年生の部員は、私と陽平の二人だけとなった。

五月になって、私もだいぶ高校生活に慣れてきた。クラスメイトたちとも、朝の挨拶を交わしたり、なにげない日常会話を楽しんだり、一緒にお弁当を食べたり。毎日が明るくとても充実していた。

美術部の部活も先輩たちが、優しくて気分的に安心して絵を描くことができた。

その月曜日の放課後も、美術部の部員たちは、美術教室に集まって部活をしていた。先輩は、二年生が四人と三年生が四人いた。美術室には大きな作業台が八台あって、部員たちは二人一組となって、一台ずつ作業台を使っていた。私と陽平はいつも二人で一緒の作業台を使っていた。

私は入部以来、美術室にあるデッサン用石膏像のデッサンを行っていた。陽平は家から百合の花の絵葉書を持ってきて、それをスケッチブックに水彩で描いていた。絵画の作業中は部員たちは黙って、自分たちの作品制作に取り組んだ。

部活は午後の三時半から始まり、五時まで行われる。そして五時から五時半までミーティングをして解散となる。ミーティングといっても、自由なおしゃべりタイムで、部員の親交を深めるための時間である。ミーティングタイムの時は、一台の作業台に、皆で椅子を持って来て、作業台を囲んで、話をする。

「ゆきちゃんと陽平どう？　部活には、もう慣れた？」

部長である三年生の先輩が尋ねた。

「はい。すっかり慣れました。いつもリラックスして描くことができて、とても楽しいです」

「僕も、受験が終わって、久しぶりにスケッチブックに向かうことができて嬉しいです」

「二人とも絵を描くのが上手ね。大学は美術大学を目指しているとか」

「いいえ、特にそういうわけではなくて。でも絵を描くことは子どもの時から好きで」

「僕も、美大には行きません。絵で食べていけるとは、別に思っていません」

「そうよね。絵で生活するのは難しいことよね」

別の先輩が言った。

「僕も絵は趣味だと思っている。だから大学は法学部を受験するつもりでいるよ」

三年生の先輩が言った。

「そうよね。絵を描くことは、特別な人を除いて主に趣味よね。でも、いい趣味だとは思わない？　家で一人だけで、スケッチブックと画材だけあれば、いつでもできるものね」

「一人だけでもできるけど、こうして仲間で集まって描いていると、なおさら一層楽しい」

「私は学生生活の中で部活が一番楽しいわ」

「そうよね。クラスの人とおしゃべりも楽しいけど、美術部でおしゃべりタイムが一番いいわね」

「僕は今三年生で、一学期をもって部活は引退するよ」

「私もそうよ。なんだか寂しいな」

「私たちの青春時代は、部活と共にあったようなものだものね」

「だけど受験勉強しなくちゃね」

「三年間なんて、あっという間だな」

「先輩たち、引退はするけれど、秋の文化祭には作品を出展するんですよ。それに向かって、最後の作品制作がまだ残ってますよ」

「そうだな。部活に参加するのは、あと数回だけど、僕たちの作品も、秋の文化祭に出展されるんだよな」

「私は、今制作中のものでなくて、この間描き上がった、静物画を出展しようと思っているの」

「ああ、あれね。私も、あの作品は好きよ。よく描けていると思う」

「でしょ？　私が今まで描いてきた中で、あの静物画が一番上出来だと思ってる」

「僕は、今描いている抽象画を出展するつもりでいるよ。面と色彩の持つ鮮やかさを力強く表現していて、自分で気に入っているんだ」

「中間テストがあったり、期末テストがあったり。それに夏休みもあるでしょ。たちまちのうちに秋の文化祭になるわね」

「うちの高校は、文化祭と体育祭は毎年秋に交互に行われるでしょ」

「そうだね。だから僕たち二年生にとっては、今度の文化祭が高校生活で一度切りのものとなるんだよね」

「今まで描いた中から、これが一番と思える作品を、よく吟味して出展したいな」

「ゆきちゃんと陽平は、今描いているものを出展するんでしょ？」

　部長が質問した。

「ええ。デッサン用石膏像を仕上げるのは時間がかかるので、その一作しか描けないと思います」

　私は答えた。

「僕は、できたらもう一作品描いて、二作品を比べて、よく描けた方を出品したいなと思っています」

　陽平が答えた。

「二人とも一年生だけど、絵がとても上手だから、美術部の出展コーナーも華やぐと思うわ」

「ねえ。私、思うんだけど、出展コーナーを設けるだけじゃなくて、今年は、コーヒーショップもやってみたらどうかな？」

「あっ。それいいと思う。おもしろいと思う」

「家で、クッキーとパウンドケーキを焼いて、ドリップコーヒーと一緒にお客さんに提供するのよ」

「わーっ、ステキ」

「そして、コーヒーとお菓子を食べながら、私たちの描いた絵をお客さんたちに鑑賞してもらうのね？」

「いい、いい。それやりたい」

「教室を一室使って、絵を展示して、テーブルと椅子を並べてお店にするのよ」

「机を二台並べて、テーブルにすることができるよね」

「三年生は、絵は出展するけれど、お店には参加しませんよ。なにしろ私たちは一学期で引退するんだから」

「大丈夫です。二年生と一年生で六名スタッフがいます」

「三年生の先輩たちは、お客さんとして、お店にいらして下さい」

「一年生どう思う？　できそう？」

「はい。二年生の先輩が中心になってリードして下されば」

「僕も、コーヒーショップやってみたいです」

「二年生は、全員賛成ですか？」

「はい、賛成です」

「ぜひ、やってみたいです」

「私、お菓子作りは得意です」

「僕は、コーヒーをドリップする係をしますよ」

「それでは、一・二年生全員賛成なのね？」

「はい」

「わかりました。生徒会へは、私から連絡しておきます」

「二年生にとっては、高校生活、一度切りの文化祭を、思い出深いものとしたいね」

私たち全員、明るい笑顔で頷き合った。

一学期が終了し、七月になって、夏休みが始まった。私は、子どもの時から、夏休みの宿題は、夏休みの初めに終わらせるタイプの人間で、高校一年の夏も、休みが始まると同時に宿題をやり始めた。私は休みはゆっくり過ごしたいので、課題は早めに終了させておきたいのだ。

夏の朝は日差しが明るい。私は休みの日も朝の六時に起床する。顔を洗って化粧水をつけてから、日焼け止めクリームを塗る。アイスティーを作って、トーストと一緒に食べる。パジャマから部屋着に着替える。それから学校の宿題をする。宿題は、学校の先生が作って下さったプリント問題だ。数学、国語、英語。難しくて解答するのに時間がかかる。十時に一度休憩を入れて、お昼の十二時まで勉強する。昼食のあとは、音楽を聞いたり、昼寝をしたり、マンガを読んだり、気ままに過ごす。でも、朝から午前中にかけて、集中して勉強をしたおかげで、宿題は七月中に全て完了させることができた。

八月になった。宿題は全て終わらせたので、ここから私の本格的な夏休みが始まる。私は開放的な気分いっぱいになって、晴れ晴れとした心持ちになっていた。

私はマンガを読むことが好きだ。マンガのストーリーを楽しむこと以上に、絵を見るのが好きなのだ。お気に入りのキャラクターを見つけると、紙に鉛筆でその絵を真似して、描き写す。この作業は、小学生時代からの私のやり方で、私は、マンガキャラクターを紙に描く作業を通して、絵が上達したと言っても過言ではないと思っている。

色々な顔の表情や、髪型、洋服のデザイン、小物などの描き方は、全てマンガを通して学んだと思っている。

美術で行うデッサンとマンガキャラクターの描き方は、もちろん全く別のものだけれど、鉛筆のタッチの仕方などは、マンガキャラクターを描くことにより、不思議と上達してゆくものだ。私は絵を描く時は、精神を集中させるために、無音の静かな環境の中で描くようにしている。人によっては、ラジオを流したり、音楽を聞いたりしながら作業する人もいるようだけれど、私は静寂の中に身を置いて、絵に取り組む。八月の午前中は、ほぼマンガキャラクターの画き写しをして過ごした。

私には絵を描くことの他に、実は、もう一つ好きなことがある。それは料理だ。私が若い頃は、インターネットなるものは存在しなかったので、料理のレシピは、本や雑誌に限られていた。今は、スマホの動画で、料理過程を勉強することができるが、私の若い頃は、料理の独学は、料理本と決まっていた。私は、その頃、大人になって、仕事をしてお金を得られるようになったら、料理教室に通ってみたいなと、ずっと考えていた。そんな私だから、夏休みの夕食作りは、私が担当していた。普通の一般的な家庭料理なら、私は、おいしく作る方法を知っていた。私は、自分で自分のことを、高校生としては、料理は相当の腕前を持っている人間だと思っていた。

私は、高校生らしく、自分の将来のことも考えていた。私は、一九五七年生まれの人間だ。私が高校生当時は、日本には、男子優先の考えがまだ残っていて、女子は大人になったら、結婚をして専業主婦になるのが一般的だった。大学を卒業して就職をしても、結婚をすれば、退職するのが普通だった。家庭に入って、男子が仕事をするのをサポートするのが女子の役割だと考えられていた。だから大学も、女子は文学部か家政学部へと進学するのが一般的だった。

けれど、私はその当時のその常識がイヤだった。私は、男子と同じように、自分も経済的に自立した人間になりたいと思っていた。しかし自分の好きな、絵画や料理で生計を立てるのは、難しいと思った。それで自分なりに色々考えて、大学は経営学部を進学先にしようと決めていた。どんな仕事でも、経営について考えることは大切なことだ。経営するとは、どういうことなのかについて知りたい。大学に行ったら、経営について学ぼう。そして大学を卒業したら、きちんと自分の仕事を持ちたいと考えていた。

夏休みが終わり、九月になって二学期が始まった。

部活では、皆でミーティングをしていた。

「皆さん。一学期で、三年生が引退したので、今日から私が部長を務めます」

二年生の先輩がそう言った。

「今日は、秋の文化祭について皆で話し合っていきたいと思います」

「今年の文化祭では、コーヒーショップを開くんだよね」

「そうです。そのことについて、今から、準備しなくてはいけないことについて皆で考えていきたいと思います」

「まずは、教室を一部屋使って、お店にしましょう」

「そして両側の壁に絵を展示する」

「机を二台向かい合わせでつなげたものを四台置いて、椅子も置く」

「教室を入った場所にコーヒー販売のコーナーを作りましょうよ」

「電気ケトルとコーヒーをドリップする用具は、僕が持ってくるよ」

「食器は、紙皿と紙コップでいいわよね」

「スプーンとフォークは家にあるものを持ってきて使いましょうね」

「パウンドケーキとクッキーは部長の私が家で焼いて持ってくるわ。だけどもう一人誰か作ってくれる人がいるといいんだけれど」

「あっ。私も作ります」

「ゆきちゃんも焼いてきてくれるの？」

「はい。私、お菓子作りは好きなんです」

「そう。それじゃ、ゆきちゃんにお願いするわね」

「はい」

「お菓子、どんなものなのか、まず試食してみたいな」

「そうね。まず皆で食べてお客さんに提供するものを確認したいわ」

「わかりました。それでは次回、お菓子を焼いて持ってきます。皆で試食してみましょう。ゆきちゃん大丈夫？」

「はい。大丈夫です。週末に焼いて、次回の月曜日に持ってきます」

「では、そういうことで。次回のミーティングでは皆で試食をしてみましょう」

「わあ。楽しみだなあ」

皆は、焼菓子のことで話が盛り上がっていた。

翌週の月曜日になった。部員の皆は作品制作のあと、いつものように一つの作業台を囲むようにして、椅子に腰かけていた。

「皆さんが絵を描いている間に、私とゆきちゃんで、お菓子を、用意しました。皆で食べてみて下さい」

部長がそう言った。

「おいしそう」

「では、遠慮なくいただきます」

「お皿はないから、コピー用紙をお皿代わりにして下さいね」

部長はコピー用紙を用意していた。

「あっ。このクッキー、サクサクしてバターの香りが、とってもいいね」

「パウンドケーキは、ドライフルーツとバナナの二種類があります」

部長が言った。

「バナナケーキ、しっとりもちもちしていて、とてもおいしい」

「ドライフルーツはリキュール漬けなんですか?」

「ええ。でも少量だから問題はないと思うわ」

「部長も、ゆきちゃんも、お菓子作りがとっても上手なのね」

「うん、この味だったら、来店するお客さんに満足してもらえると思う」

「それでは、焼菓子に関しては、私とゆきちゃんの作ったもので大丈夫ですね?」

部長は部員の皆に確認した。

「はい。充分いけます」

「あとは、絵画作品の制作だけね」

「文化祭は、十月の第一金曜日と土曜日にかけて二日間行われます」

「僕の家は、両親とも見に来てくれることになっているんだ」

「私も家族の皆で来てくれることになっているのよ」

「家族だけでなく、友だちにも声をかけて来場してもらって下さいね」

部長が言った。

「宣伝のための貼り紙もしたらどうかな」

「そうね、皆で三枚ずつ貼り紙を描かない?」

「六名いるから全部で十八枚か」

「それを廊下と階段に貼りましょう」

「学生食堂にも一枚貼りたいね」

「手描きの貼り紙なんて、美術部らしくていいわね」

「では、皆で三枚ずつ貼り紙も作成するのでいいですね？」

「紙は、コピー用紙にしようね」

ミーティングは、文化祭の話題で持ち切りだった。

文化祭当日になった。コーヒーショップは十時に開店することになっている。私たちは、朝の八時に集合した。教室は結局二部屋使用することになって、机二十四台と椅子十六脚以外は、隣の教室に運び入れた。

教室の両側に机を五台ずつ並べて、その上に絵画を置いて展示した。机を向かい合わせで二台ずつつなげて四台テーブルを作り、一台のテーブルに椅子を四脚ずつ置いた。そして教室の廊下側に机六台を「コ」の字形に並べてコーヒー販売コーナーを作った。

二年生の男の先輩がコーヒーをドリップする役割になった。二年生の女の先輩二人がクッキーやパウンドケーキを用意する役割になった。そして残りの二年生の女の先輩が会計をする役割になった。一年生の私と陽平は客席で給仕をする役割になった。

十時になって開店と同時にお客さんが入ってきた。

「二人だけどいいですか？」

「ええ、どうぞ、こちらへ」

私はお客さん二名を窓側の席に案内した。

「コーヒー二つとクッキーとバナナケーキをお願いします」

「はい、かしこまりました」

私は注文を受けると、販売コーナーへ行って、先輩に注文を告げた。

男の先輩は、コーヒーをドリップし始めた。女の先輩は、バナナケーキをナイフでカットして、紙皿の上に乗せた。もう一人の女の先輩は、クッキーを八枚、紙皿の上に乗せた。

そして用意ができると、陽平が、それを客席へと運んだ。

お客さんの二人は、おしゃべりをしながら、コーヒータイムを楽しみ始めた。私と陽平は、窓際に二人で並んで立った。

「ゆきちゃん、この間の試食会で、僕バナナケーキ食べたけど、とてもおいしかったよ」

陽平は、小声で私に話しかけてきた。

「えっ。ホントに？」

「うん。ゆきちゃんて絵も上手だけど、お菓子作りも上手なんだね」

「私、お菓子作るのが好きなのよ」

「クッキーも、ゆきちゃんが焼いたんでしょ？」

「ええ、クッキーは、先輩と私の二人で焼いたのよ」

「バターの香りがしていて、サクサクしていて。上手に焼けていたよ」

「私、お菓子だけじゃなくて、料理するのも趣味なのよ」

「へえ。料理もするんだ」

「家庭料理だったら、一通りのものが作れるわ」

「どんなものを作るの？」

「ハンバーグ、豚のしょうが焼、肉じゃが、筑前煮、グラタン」

「へえ。すごいね」

「中華も、ぎょうざ、チャーハン、酢豚、ホイコーロー、マーボー豆腐、チンジャオロース」

「わあ。中華料理店みたいだな」

「パスタも得意よ。ミートソース、ナポリタン、和風スパゲティ」

「僕は、カレーとか、オムライスとか、親子丼とか、ご飯ものが好きだけど、そういうものも作ることができる？」

「ええ、もちろんよ」

「僕、くいしん坊だから、おいしい料理に弱いんだよね。僕、ゆきちゃんのこと好きになっちゃうかも」

「フフフ。陽平って、おもしろい。料理に釣られちゃうんだ」

「それに、ゆきちゃんて、笑顔が、とってもカワイイよ」

「やだ、何言ってんのよ。そんなこと言っても何も出ないわよ」

「本当だよ。初めて部活でゆきちゃんに会った時から、かわいい女の子だなと思っていたんだ」

「何それ。照れちゃう。よしてよ」

「僕は、めったにこんなことを軽々しく言うタイプの人間じゃないよ」

「じゃあ、それ本気？」

「本気だよ」

その時、お客さんが席を立った。

「ごちそうさまでした。とてもおいしかったわ。ありがとう」

「いえ。御来店いただき、どうもありがとうございました」

私は、空いた紙皿と紙コップをスプーンとフォークと共に販売コーナーへとさげた。

お客さんは、販売コーナーでお会計を済ませると、お店を出ていった。

私と陽平は、また窓際に二人並んで立った。

「僕、部活以外でも、ゆきちゃんと付き合いたいな」

「ふん。そうねえ。陽平か」

「僕じゃ、ダメ？」

私は改めて陽平を見た。陽平は身長が一七〇センチくらいあって、くいしん坊というわりには、カラダが細かった。色白で、髪は、柔らかそうで、少しウェーブがかかっていた。よく見ると、陽平は、男子としては可愛らしい顔をしている。いかにも文科系部活に所属しているという感じの雰囲気をしていた。決して体育会系部活に所属しているタイプの男子ではなかった。

「うん。それじゃあ、私たち部活の日以外は、放課後、図書室で一緒に勉強しない？」

「えっ。いいの。僕、ゆきちゃんと一緒に勉強したいな」

「部活の先輩からは、私たち二人付き合ってるって言われちゃうかもしれないけど、それでも大丈夫？」

「もちろんだよ。ゆきちゃんなら、誰から、付き合ってるって言われても、人に自慢できるよ」

「それでは、来週の火曜日から、一緒に勉強しましょ」

「うん。ヤッター。約束を取り付けたぞ」

「私の作ったお菓子、気に入ってくれたのよね？」

「そうだよ」

「そしたら、火曜日の勉強をする日に持ってきてあげる」

「ホントに？」

「ええホントよ」

「僕、女の子からお菓子を作ってもらえるのなんて、初めてだ」

「クッキーとバナナケーキ、どっちがいい？」

「そしたら、クッキーにしようかな」

「そう。またいつか別の日にバナナケーキも作ってあげる」

「嬉しいな」

「それじゃあ、火曜日の三時半に、図書室で待ち合わせね」

「うん。ありがとう」

この日から、私と陽平は、特別な友だちとして付き合うようになっていった。

翌週の火曜日になり、私と陽平は図書室で三時半に出会った。

「ゆきちゃん、ゴメン。待った？」

陽平は、小さな声で私に言った。

「うん。大丈夫よ。私も今、来たところだから」

私も、小さな声で答えた。

「それじゃあ、一緒に勉強しよう」

「うん」

そして私は、英語の勉強をして、陽平は、数学の問題を解き始めた。

私と陽平は、お互いに黙ったまま、静かに学習した。

五時になって、図書室が閉館の時刻となった。

「それじゃあ、今日は、もう終わりにしよう」

「そうね」

私たちは、カバンに教科書やノートをしまい始めた。それから私たちは図書室をあとにして、廊下へと出た。

「陽平、これ約束のクッキー。陽平のために焼いたのよ」

「うん。ありがとう。感激だな。家に帰ったら、大切に食べるよ」

そして私たちは、玄関の靴入れ箱で、靴に履き替えて、外へ出た。

「十月って、いい季節だと思わない？　空が高く感じられて気持ちいい」

「そうだね。僕も四季の中では、秋が一番好きだな」

「陽平はきょうだいはいるの？」

「僕は、二歳年上の兄がいるよ」

「そう、私は二歳年下の妹がいるのよ」

「兄は梅山高校の三年生なんだ」

「梅山高校？　スゴイ。進学校じゃない。陽平のお兄さんは頭が優秀なんだね」

「兄は、子どもの時から勉強がよくできて、僕は兄のことを尊敬しているんだ」

「きょうだい仲が良いのね」

「そうだよ。僕は、いつも小さな時から、兄に大切にしてもらっているんだ」

「私も妹とは、仲が良いのよ」

「今、兄は大学受験で、毎日よく勉強しているんだ。兄は桜ヶ丘大学を目指しているんだ。とにかく、優秀でまじめなんだよ」

「スゴイなあ。私のウチは、私も妹も平凡よ」

「そんなことないよ。ゆきちゃん絵が上手だし。それにお菓子作りや料理もできるし。だから大学は、家政学部に行くの？」

「どうして？」

「だって、お菓子作りや料理するのが好きなんでしょ？」

「確かに、お菓子作りや料理は得意だけど、家政学部にはいかない。絵と同じで料理で仕事するのは、難しいと思うから」

「仕事をしたいの？」

「そうよ。専業主婦になんて、なりたくないもの。ちゃんと自分の仕事を持ちたいと思っているの」

「偉いなあ。これからの女性は、自立を目指すんだね？」

「そうよ。精神的に経済的に自立した人間になりたいの」

「そうか。ゆきちゃんは、笑顔がカワイイ上に、絵が上手で、料理ができて、経済的にも自立をしようとしていて。しっかりしているんだね」

「陽平は、将来は、どうしたいの？」

「実は、何も考えていないんだよ。兄は梅山高校に入学した時から一流大学を目指して勉強に取り組んでいるのに。僕は何も決めていないんだ」

「そうなの？　私、夏休みに色々考えて、大学は経営学部を受験することにしたの」

「そうなんだ」

「どんな仕事でも、経営について考えることは、大切なことでしょ？　できたら仕事も経営の専門家のようなことできたらいいなと思ってるの」

「それじゃ、今から、しっかり受験に向けて勉強した方がいいね」

「そう思ってる。だけど、高校生らしい青春時代も味わいたいと思っているの。部活とか友人関係とか、そういうものも、大切にしたいと思っているの」

「そうか。経営学部か。僕も大学は、経営学部にしてみようかな」

「うん。いいと思う。経営について学ぶことは、どんな仕事をする上でも、役に立つと思う」

「そうだね。よく考えてみるよ。とにかく今日は、クッキーをありがとう。夕食が済んだら、家族の皆で、食べることにするよ」

「ええ。それじゃ、また明日。私は、こっちの方向へ行くから」

「うん。また図書室で三時半に会おうね。バイバイ」

私と陽平は、それぞれの自宅へと向かった。

十二月になった。季節も冬になり、朝晩は、すっかり冷えこむようになってきた。私と陽平は、クリスマスの日に、プレゼント交換しようと話をしていた。できることなら、お互いに手作りのものでプレゼント交換したいねという話になっていた。陽平は私に、バナナケーキをプレゼントして欲しいなとリクエストした。そして陽平は私に、何をプレゼントして欲しいかと尋ねた。私は、陽平に、どんなものなら手作りできるのかを質問した。そしたら、陽平は、しばらく考えてから、手編みのマフラーをプレゼントするのはどうかなど言った。私は、陽平が編みものができるとは知らなかったので驚いたけれども、結局、その手編みのマフラーをプレゼントしてもらうことになった。そして、クリスマスの当日になった。その日は火曜日で、部活は休みの日だった。それで、私と陽平は、私のクラスルームである一年三組の放課後の教室で待ち合わせをすることにした。

三時半に陽平は、私のクラスルームにやってきた。

クラスの皆は帰宅して、クラスルームには、私と陽平以外、誰もいなかった。

「やあ、ゆきちゃん。待った？」

「大丈夫よ」

「今日は十二月二十五日。クリスマスだね。クリスマスおめでとう」

「うん。メリークリスマス」

「プレゼント持ってきたよ」

「うん。私も持ってきた」

「まずは、僕からプレゼントするよ。はいどうぞ。袋をあけてみて」

私は、陽平から紙袋を受け取り、中をひらいた。

「わあ。本当に手編みのマフラーだ」

「日曜日に一日かけて編み上げたんだ」

「色は、私の好きな薄ベージュ色なのね」

「そうだよ。ゆきちゃんが、薄ベージュ色が好きだって言っていたから、その色にしたんだ」

「ありがとう」

「首に巻いてみて」

「うん」

私は、ぐるりと、そのマフラーを自分の首に巻いた。

「ああ。温かい。それに柔らかくて、肌触りがいい。ふわふわしている」

「少し、ゆる目に編んだからね。ふっくらしていて、気持ちがいいでしょ」

「本当にありがとう。でも陽平が編みものができるなんて、びっくり」

「中学生の時に、母から教えてもらったんだ」

「陽平は器用なのね」

「僕は絵を描く芸術家だよ。芸術家は編みものくらい上手にするさ」

「私は料理はするけど、編みものは全くしたことはないわ」

「料理は、毎日でも食事するから、編みものより役に立つよ」

「私は、バナナケーキを焼いて持ってきたわ。はい。これどうぞ」

私は、陽平にバナナケーキの入った紙袋を渡した。

「ありがとう。文化祭の準備の時、ゆきちゃんのバナナケーキを食べてから、ぜひもう一度食べてみたいなと思っていたんだ」

「バナナケーキは、ホットケーキミックスがあれば簡単においしく作れるのよ」

「どうやって作るの？」

「バナナをつぶして、卵を入れて混ぜて、ホットケーキミックスを加えて混ぜ合わせたものを型に入れてオーブンで三十分焼けばでき上がりよ」

「そうなんだ。僕にも作ることができるかな」

「もちろんよ」

「ところで、昨日のクリスマスイブは、ゆきちゃんが食事を作ったの？」

「私と母の二人で作ったのよ」

「何を作ったの？」

「ローストビーフとサラダ。それとクリームコーンスープよ」

「クリスマスケーキは食べたの？」

「イチゴのショートケーキを作って食べたわ」

「すごいな。クリスマス用のフルコースだ」

「でも意外とローストビーフって、手軽に作れるのよ」

「どうやって作るの？」

「牛ももの塊肉を、フライパンで焼いてから、オーブンで十分くらい焼くの。アルミホイルでそれを包んでから、タオルでくるんで蒸らすように中まで火を通せば、できあがりよ」

「ソースは？」

「アルミホイルに残った肉汁に、しょう油とこしょうと水を加えて、すりおろしたタマネギと一緒にフライパンで加熱するだけよ」

「それだけでおいしいローストビーフが作れるんだね？」

「そうよ。陽平の家では、クリスマスイブは、どんな料理を食べるの？」

「僕のウチは、クリスマスイブは、とりの唐揚げと、昔から決まっているんだ」

「チキンを食べるのね？」

「そうだよ。とりの唐揚げなら、僕も、いつも母さんの手伝いをするから作り方は知ってるよ」

「にんにく味？　それともしょうが味？」

「僕のウチでは、いつも、しょうが味だよ。とりもも肉を、おろししょうがのしょう油に漬け込むんだ。僕は、ビニール袋に片栗粉を入れて、味のしみ込んだとりもも肉を、その中で振って、片栗粉をまぶすんだ。そうすると母さんが、それを油で揚げてくれるんだ」

「陽平も、料理ができるじゃない」

「僕が作れるのは、とりの唐揚げだけだよ」

「それと一緒にサラダも食べるのね？」

「そうだよ。サラダは、トマトとレタスとキュウリさ」

「ケーキはどうするの？」

「僕のウチでは、クリスマスのケーキは、アイスクリームでできたケーキを食べるんだよ」

「ああ、アイスケーキね」

「そうだよ。アイスケーキを食べるのさ」

「クリスマスイブは、一年のうちでも楽しい夜よね」

「そうだね。ウチは、クリスマスイブは、必ず家族四人で食事するんだ」

「私の家もそうよ。クリスマスイブは、必ず家族全員そろって食事するのよ」

「クリスマスプレゼントは、もらうの？」

「ハンカチとか、靴下とか、毛糸の手袋とか。そういう小さなプレゼントをもらうわ」

「僕は、いつも絵の具をプレゼントしてもらうんだ。必ず使うものだからね」

「小さな子どもの頃は、サンタクロースのことを信じていた？」

「そうだね。僕は五歳くらいまでは信じてたけど」

「私もそうよ。でも、ある時から、サンタは、自分の父なのだと知って驚いたわ」

「僕は、優しい夢を与えてくれていたのが両親だと知って、嬉しかった」

「私たち家庭の愛に恵まれていて幸せね」

「僕も、家族の絆は、人生の中で一番大切なものだと思っている」

私と陽平は、お互いの会話に納得していた。

一月の私の誕生日がやってきた。それで陽平が、私に誕生日プレゼントを渡したいという話になって、また放課後に、私のクラスルームである一年三組に陽平が訪ねてきてくれることになった。クラスルームの皆は下校して、私一人が教室に残った。三時半になって陽平が私のクラスルームにやってきた。

「ゆきちゃん待った？」

「うん。大丈夫よ」

「放課後の教室は、ストーブが消えて寒いね」

「でも、冬のコートを着ているから平気よ」

「僕の編んだマフラー巻いてくれているんだ」

「そうよ。だから教室は冷えていても、私は寒くないから大丈夫よ」

「それじゃあ、ゆきちゃんの誕生日のお祝いをしよう」

「フフッ。嬉しいな」

「ゆきちゃん、ハッピーバースデー」

そう言うと、陽平は私に紙袋を手渡した。

「中をあけてみて」

「ありがとう。何が入っているのかな」

紙袋の中には、白のフェイスタオルが入っていた。私は、それを紙袋の中から取り出した。

「わあ、かわいい。桜の花のタオルだ」

「ゆきちゃん、桜の花が好きだって言ってたでしょ」

「桜の花がいっぱい。とってもかわいい。私、桜の花大好きよ」

「良かった。気に入ってもらえたんだね」

「うん。私、幸せ気分よ。ありがとう」

そう言うと、私はフェイスタオルをたたんで、紙袋の中にしまった。

「家で、大切に使わせてもらいます」

「ゆきちゃんの『ゆき』っていう名前は、雪と何か関係があるの？」

「ええ。私が生まれた日に、うっすら雪が降ったから、『ゆき』っていう名前を付けたんですって。父が付けてくれたのよ」

「白雪姫みたいな名前だね」

「父は、私に、降りたてのきれいな美しい雪のようになって欲しいと思って、『ゆき』って名付けたんですって」

「その通りに育ったね。ゆきちゃん、色白で肌がとてもきれいだよ」

「ありがとう。そういう陽平も肌が色白よね」

「僕は、インドア人間で、あまり日光にあたらないんだよ」

「私もそうよ」

「僕は、スポーツが苦手で、家で絵を描くのが好きなんだ」

「私もスポーツは苦手」

「僕、サッカーとか野球とか、ああいう男らしいことができないんだ」

「私も、ラジオ体操のようなものは好きでも、ボールを使ったスポーツは、まる切りできない」

「それに僕は、家でゆっくり過ごすのが好きなんだ」

「私もそうよ」

「家で音楽を聞いたり、本を読んだり、絵を描いたり」

「私も実にそうよ。休みの日は、ほぼ一日中家の中で過ごしている」

「僕たちって、似たもの同士だね」

「だから気が合うのね」

私たちは一緒にいて全く違和感を感じたことがなかった。付き合っていても、全然疲れなかった。お互いに気を使ったりしなくても、ありのままの自分でいて充分に時間を過ごすことができた。

「素のままの自分でいられるっていうのは、付き合っていく上で大切なことだと思う」

「それに、ゆきちゃんは料理が好きだし」

「陽平は、食べることにこだわるわね」

「うん。だって、僕、おいしいものを食べるのが好きだから」

「陽平がそう言うと、私は、もっと料理の練習がしたくなってくる」

「ゆきちゃんて、実に僕の理想通りの女性だな」

「私も、自分の好きなもので喜んでくれる陽平のことが、一緒にいて気楽でいいわ」

「僕は、騒がしい人間が苦手なんだ」

「私もそうよ。陽平のように静かでおとなしいタイプの人じゃないとダメ」

「ああ、ゆきちゃんと一緒だと落ち着くなあ」

「私も陽平と一緒にいると、ほっとする」

私と陽平は、お互いにリラックスできる者同士で安心していた。

二月になった。春は、もうすぐ目の前に来ているけれど、寒さは厳しい。私は陽平からもらった手編みのマフラーをして通学していた。陽平の心の温かさが私のカラダも心も温かくしてくれる。

私と陽平は、二月十四日のバレンタインデーにもプレゼント交換しようねという話になった。

私は陽平に、ココアパウンドケーキをプレゼントして、陽平は私に、毛糸で編んだミトンをプレゼントしてくれることになった。

私たちは、やはり私のクラスルームである一年三組の教室で、午後の三時半に待ち合わせした。

「ゆきちゃん、お待たせ」

「うん。楽しみにしていたよ」

「ハッピーバレンタイン」

「ハッピーバレンタイン」

「また僕からプレゼントするね」

そう言うと、陽平は、ミトンの入った紙袋を私に手渡した。

「ありがとう」

私は袋をあけると、中から毛糸のミトンを取り出した。

「マフラーと同じ、薄ベージュ色のミトンだ」

「そうだよ。マフラーと同じ毛糸で編んだんだ」

「だけど、このミトンはマフラーと違って、固くてしっかりしているね」

「ミトンは、かぎ針で編んだんだ。手でモノを摑んだりするから、丈夫な方がいいでしょ？　だからかぎ針で固く編んだんだ」

「そうなのか。嬉しい。ありがとう」

「手にはめてみて」

私は、ミトンを手にはめた。

「本当にしっかりしている。陽平は、棒編みも、かぎ針編みもできるんだね」

「単色のマフラーとミトンは、初心者向けの編みものなんだ」

「私、編みものってしたことがないけど、私にもできるかなあ」

「ゆきちゃんは器用だから、すぐに編み方をマスターすると思うよ」

「いつか時間があったら、私に毛糸編み教えて」

「いいよ。僕で良かったら、教えてあげる」

「私からはココア味のパウンドケーキ。はい、どうぞ」

私は、陽平にココアパウンドケーキの入った紙袋を渡した。

「ありがとう。ココアを入れて作るの？」

「そうよ。バナナの代わりにココアを入れてホットケーキミックスで作るのよ」

「これも手軽に作ることができるの？」

「そうよ。ホットケーキミックスを使えば簡単にできるのよ」

「ホットケーキミックスって便利だね」

「材料は、卵と砂糖とサラダ油。それとホットケーキミックスとココアだけよ」

「ホントにありがとう。今日の夕食のあと、家族の皆で食べるね」

「うん。そうして」

陽平は、カバンに、ココアパウンドケーキの入った紙袋をしまった。

「日本では、女子が男子にチョコレートをあげて、愛を告白することになっているけど」

「フフッ。愛の告白が欲しいの？」

「できたら、何か僕の心を喜ばすようなこと言ってみて」

「陽平のことは大好きだよ。これからもずっと」

「わあ、嬉しいな。ゆきちゃんから愛の言葉をもらったぞ」

「そんなに喜んでもらえて、私も嬉しいです」

「でも、チョコレートを女子が男子に渡すという習慣は、日本独特のものらしいね」

「あら、そうなの？」

「そうらしいよ。外国では、男子が女子に花束を渡すらしい」

「そうなの？」

「僕の聞いた話だと、チョコレート会社が、チョコレートの売上を伸ばすために、日本に広めた習慣なんだって」

「そうなんだ」

「でも、こういう楽しい習慣は、それが販売戦略だとしても、あって悪くはないよね」

「そうよね」

「こういうイベントごとが年に何回かあって、楽しいね」

「クリスマス、バレンタインデー。それに誕生日」

「ゆきちゃんの誕生日は一月」

「そして陽平の誕生日は三月」

「ほんの少しだけ、ゆきちゃんの方がお姉さんだね」

「来月の陽平の誕生日には、水彩絵の具をプレゼントするね」

「うん。ありがとう。今から楽しみにしてる」

私と陽平は、二人だけとなった放課後の教室で、あれこれとなく会話を楽しんだ。

三月になった。ぽかぽかと暖かい日も増えてきた。今月は、陽平の誕生月だ。

私と陽平は、いつものように一年三組の教室で、放課後、会う約束をしていた。

「ゆきちゃん、こんにちは」

「うん。こんにちは」

「僕も、ようやく十六歳になった」

「そうだね。ハッピーバースデー」

そう言いながら、私は陽平にプレゼントを渡した。

「水彩絵の具よ。十二色入り」

「ありがとう。僕は、絵の具は必ず使うからね。これをプレゼントしてもらうのが一番役に立つ」

陽平は嬉しそうにした。

「先に、絵の具をカバンにしまって」

「うん」

陽平は、大切そうに、プレゼントをカバンにしまった。

それから私は自分のカバンの中からクッキーの入った缶を取り出した。

「週末にクッキー焼いたの。食べて」

「わあ。ゆきちゃんのクッキー。久々だなあ」

陽平は、缶のフタを開けて、クッキーを一枚、口に入れた。

「甘くておいしい」

「今日のクッキーは、アイスボックスクッキーよ」

「アイスボックスクッキーて何？」

「いつもはね、麺棒で伸ばした生地を、型で抜いて焼くんだけれどもね。アイスボックスクッキーは、生地を棒状にしてラップでくるんで冷蔵庫で冷やして固めたものを、包丁でカットして、それをオーブンで焼くのよ」

「ふうん。色々な作り方があるんだね」

「私はね、料理もお菓子作りも好きだけど難しいものは作らないの。簡単な方法で作れるものしか作らないの」

「だけど、それが料理好きが長続きする秘訣なんじゃない？」

「そうなの。時間で言えば、一時間位で作れるものが理想なの」

「何をするのでも、長時間作業は、疲れるよね」

陽平は、またクッキーを一枚、口に入れた。

「ホント、おいしいよ」

「余ったのは、家に持ち帰って食べて。缶だけは返してね」

「うん。ありがとう」

私は、陽平がおいしそうに食べる顔を見ることができて、満足していた。

「ところで、陽平のお兄さん、受験はどうだったの？」

「おかげ様で、桜ヶ丘大学に合格したよ」

「桜ヶ丘に合格したの？」

「そうだよ」

「スゴイね」

「うん。兄はとても優秀な人間なんだ」

「本当に受かるんだね」

「現役合格だよ」

「スゴイよ。本当にスゴイ」

「カッコいいでしょ」

「うん。カッコいい。何学部？」

「商学部」

「えっ。商学部なの？」

「そうだよ。商学部だよ」

「いいなあ。私も商学部とか経営学部とかに受かってみたい」

「商学部と経営学部って、同じようなことを勉強するの？」

「ええ。そうみたいよ」

「どんなこと勉強するの？」

「簿記、会計学は基礎として勉強すると思う」

「その他には？」

「その他には、経営のこととか、経営戦略とか、消費者ニーズとか」

「色々と勉強するんだね」

「これからは、英語も使えるようにならないとダメだと思う」

「英語かあ。僕は、英語が苦手だな」

「私もそうよ。だけど、たとえ会話ができないとしても、英語の資料を読めるくらいにした方がいいと思う。日本人だから会話がムリでも読むのはできるでしょ?」

「ゆきちゃんは、そういうことにも挑戦しようとしているんだね?」

「そうよ。大人になって仕事していくって、とても大変なことなんだと思う」

「仕事をするのか」

「そうよ。仕事をして、社会から求められるような人間になるのよ」

「社会から求められるような人間になんて、僕なれるのかなあ」

「結果としてなれるかなれないかは、わからないけど。でも努力はすべきだと思う」

「ゆきちゃんて、しっかりしているな。女性でも、ゆきちゃんなら、必ず経済的に自立できると思う」

「ええ、そうね。私は、絶対に経済的に自立した人間になりたい」

「僕、ゆきちゃんのこと尊敬しちゃうよ」

「だって、経済的に自立した人間こそが、本当の意味で自由を手にすることができるわけでしょう?」

「ゆきちゃんは、意志が強いな」

「それには、まず健康が一番」

「そうだね。健康じゃないと、社会で仕事ができないよね」

「だから、私は、食事と睡眠は大切と考えている」

「ゆきちゃんは、自分で料理ができるから、食事については大丈夫だね」

「私は、睡眠については、朝型人間よ」

「朝型人間の方が、効率がいいの？」

「そうよ。夜、眠いアタマで考えても、何も良い考えは思い浮かばないもの。私は夜は早く寝て、朝早く起きて作業する方が、アタマの回転がいいわ」

「夜は何時に眠るの？」

「夜は、たいてい十時に布団に入る。そして朝は六時に起きるのよ」

「本当に早寝早起きだね」

「それと、私は朝のトイレのことも、とても大切に考えている」

「そうだよね。老廃物をカラダの外に出すと、アタマもカラダもスッキリするよね」

「私はね、おばあちゃんから、トイレには神様がいらっしゃるって教えられているの」

「神様？」

「そうよ神様。カラダの老廃物を全て受け入れて下さる、とてもありがたい神様よ」

「そうか。トイレの神様か」

「だから、私は、朝のトイレが終わると、必ずトイレの掃除をするようにしている」

「そう毎日よ。でも毎日していれば、ササッと軽く掃除するだけで、いつもトイレをきれいにしておくことができるわ。大げさに掃除しなくても大丈夫よ」

「僕、ゆきちゃんと一緒にいると、いつも、とても良いことを教えてもらえる」

「いいと思ったら、陽平も実行してみて」

「うん。明日から、さっそくやってみる」

　私と陽平は、あれこれと話をして、なごやかな夕方の時間を過ごした。

　私は、陽平と、特別な友だちとして付き合うようになって、陽平がとても優しく誠実な人間だということが、よくわかるようになっていった。私は、陽平と時間を過ごすことが楽しかった。

　私は、勉強に、部活に、友情に恵まれて、充実した高校生活を送った。

　そして時は流れ、四月になり、私と陽平は、高校二年生になった。

　この頃は、お互いの家へ電話して話したりすることもあって、お互いの両親やきょうだいとも電話口で知り合いになっていた。両方の家庭で、私たちの付き合いは認めてもらえるようになっていた。

　その日も、私と陽平は図書室で勉強して、帰り道を一緒に歩いていた。

「ゆきちゃん」

「うん。なあに?」

「明日、グラウンドの土手で一緒にお弁当食べない?」

「えっ。いいけど、どうして土手で?」

「今、桜がきれいだし。それにクローバーも、たくさん生えているんだよ」

「クローバー?」

「そうだよ。クローバー」

「何でクローバーなの?」

「僕、四つ葉のクローバーを見つけるのが得意なんだよ」

「えっ。ホントに? 私は、生まれてこれまで四つ葉のクローバーなんて、一回も見つけたことはないよ」

「うん。だけど僕は、不思議と、いつも見つけてしまうんだよ」

「スゴイ。そしたら私、明日のお昼は、二つお弁当作って、持ってくるよ」

「ヤッター。僕にもお弁当作ってくれるの?」

「うん。春の行楽弁当ね」

「ゆきちゃんの焼菓子は、食べたことがあるけど。ゆきちゃんの料理まで食べさせてもらえるんだね？」

「そうよ。私は、これでも、料理には自信があるのよ」

「僕って幸せだなあ」

「お弁当で、そんなに喜んでもらえるなんて。作る方としても幸せです」

「それじゃ、明日の午前中の授業が終わったら、玄関の靴入れ箱のところで待ち合わせしようね」

「了解です」

私たちは、二人で満面の笑みになっていた。

翌日になって、私と陽平は、玄関で待ち合わせをしてから、グラウンドの土手へと歩いていった。

「この場所にしようか」

「そうね。私、レジャーシートも持ってきたから、ここに敷くね」

「うん」

そして私と陽平は、レジャーシートの上に腰を下ろして、お弁当を広げた。

「わあ。おいしそう。色がきれいだね」

「そうよ。とりの唐揚げと、卵焼き、スナップえんどう。それにたけのこご飯よ」

「朝、作ってくれたの？」

「たけのこだけは、昨日の夜、母がゆがいてくれたの。そして朝にたけのこご飯として炊いたのよ」

「それじゃ、さっそく食べよう」

「そうね。いただきます」

「おいしい。スナップえんどうって、春の野菜だよね」

「そうよ。たけのこも春のものよ」

「もし、ゆきちゃんと結婚したら、毎日、こんな食事ができるんだね」

「何、結婚って」

「もしもの話だよ」

「陽平って、考えることが少女っぽい」

「少女っぽくて、悪かったね。でも、僕、くいしん坊だから、おいしい食事を作ってくれるゆきちゃんに夢中になっちゃうよ」

「私は、陽平の胃袋を摑むことができたわけね」

「そうだよ。最高さ」

「水筒にお茶も持ってきたから、飲んでね」

「ありがとう」

私と陽平は、晴れた空の下で、仲良くお弁当を食べた。

「ごちそうさま」

「うん。おなかいっぱいになったね」

「お弁当のお礼に、ゆきちゃんにステキなものをプレゼントしてあげる」

「何?」

「花かんむり」

「花かんむり? 作れるの?」

「うん。まかせて」

そう言うと、陽平は、器用にクローバーを編み始めた。十分ほどで花かんむりはでき上がった。

そして陽平は、それを私の頭の上に乗せた。

「ゆきちゃん、とってもきれいだよ」

「やだ。陽平って、ホント少女っぽい」

「でも、本当にかわいいよ。ゆきちゃん、お姫さまみたい」

「何。照れる」

「でも、本当に、きれいでかわいいよ」

私は照れながらも、陽平にきれいでかわいいと言われて、嬉しかった。

「あっ。あった。見つけたよ」

そう言うと、陽平は、一本のクローバーを私に差し出した。

「スゴイ。四つ葉のクローバーだ。陽平スゴイよ。本当に見つけるんだね」

「だから、言ったでしょ。僕は、四つ葉のクローバー見つけるのが得意だって」

私は陽平のことを、この時、確かに、幸運を見つける天才だなと思った。

五月になって、私と陽平は、ある計画を立てていた。それは、ゴールデンウィークに海に行くというものだ。これまで私と陽平は、学校でしか会ったことがない。それで、学校以外の場所でも会ってみたいねということになって、それなら、季節が暖かくなってきたから、海に遠出してみようよという話になったのだ。

海へ行く日の当日になった。私は、朝の六時に起きて、お弁当を二つ作った。水筒にお茶も注いだ。初めて私服姿で陽平に会うことになるので、どんな服を着ていこうかと少し悩んだ。そして結局、普段の私らしく、シンプルな服装で出かけることにした。上は、薄ピンク色の綿のシャツブラウス。下はストレートのブルージーンズ。それにベージュ色の軽いハーフコート。紺色の帽子も被った。足には同じく紺色のスニーカーを履いた。お弁当、水筒などの荷物はベージュ色のリュックサックに詰め込んだ。

私と陽平は、朝の十時に東京駅の横須賀線の改札口で待ち合わせをした。

そして二人で出会うと、私たちは、切符を買って、横須賀線の電車に乗り込んだ。目的地は神奈川県の逗子駅。私と陽平は、二人で初めて一緒に電車に乗ることに興奮していた。私たちは、まるで小学生が遠足に出かけるかのように、ワクワクして喜びで胸がいっぱいになっていた。

電車に一時間乗って、逗子駅に到着した。駅の改札口を出ると私と陽平は海岸へと向かって、陽気に歩き出した。私たちは笑顔でおしゃべりをしながら歩いた。三十分ほど歩いて、私たちは、逗子海岸にたどり着いた。

逗子海岸は、小さな湾状になっていて、波は穏やかに引いては返すを繰り返していた。ゴールデンウィーク中ということもあって、人の出も、それなりにあった。私と陽平は、砂浜の上をゆっくり歩き始めた。

しばらく歩いてから、陽平は突然立ち止まった。

「どうしたの?」

「ねえ、ゆきちゃん」

「なあに?」

「僕、ゆきちゃんと手をつないでもいい？」

私たちは特別の友だちとして付き合っていたけれど、それまでお互いのカラダには触れたことが一度もなかった。

「うん」

私は、陽平に自分の手の平を差し出した。陽平は、私の手を握った。陽平の手の平は、温かく、すべすべして、柔らかかった。

私は、胸がドキドキしていた。私は、陽平と手をつなぐことで、まるで二人が一つになったかのような感覚になった。私は、この時、私たち二人は恋人同士なのだと思った。陽平も私と同じ気持ちになっているのではないかと思われた。私たちは、手をつなぎながら、にっこりほほ笑んで、そのまま三分ほどその状態で、砂浜の上に立っていた。

「歩こうか」

「うん」

私と陽平は、手をつなぎながら、砂浜の上を黙って静かに歩き始めた。私たちは何も語らないけれど、この地上の誰よりも、二人の心は通じ合っていると思っていた。

私たちは、心が平安で落ち着いていた。波が引いては返す音が聞こえた。

十五分ほど歩いた。

「お昼になったね。お弁当食べましょうか」

「そうだね」

私たちは砂浜の上に腰を下ろした。

「ゆきちゃんの作ったお弁当食べるの、これで二回目だ」

「今日は、エビフライ作って持ってきたよ」

「わあ、嬉しいな。僕、エビフライ大好きなんだ」

「それと卵焼きと、ブロッコリーとミニトマト。ご飯は、おにぎりにしたからね」

「ありがとう。ゆきちゃんて、本当に最高だな」

「水筒にお茶も入れてきたから、飲んでね」

「うん。僕、ご機嫌だ」

私と陽平はお弁当を食べ始めた。

「この海岸の海は、ずっと遠く太平洋までつながってるんだね」

「そうよ」

「遠くへ行ってみたいな」

「私も陽平と遠くへ行ってみたい」

「ねえ。僕たち、大人になったら、一緒に海外へ行ってみない？」

「ええ、そうね。陽平と一緒だったら、私も海外へ行ってみたい」

「僕たち大人になっても、こうやって一緒にいるのだろうか」

「うん。大丈夫よ。私たちは大人になっても、いつも一緒にいると思う」

私たちは、遠く沖合の海を眺めながら語り合った。

六月になった。私と陽平は、海へ行ってから、私たち二人は恋人同士という意識が芽生えていた。お互いに愛情を感じ合っていた。二人で一緒にいるだけで、何とも言えない幸福感があった。

部活で絵を描いている時も、図書室で勉強している時も、黙って静かにしていたけれど、お互いの気持ちは、よく通じ合っていた。いつも二人一緒にいることが普通のことであるようになっていった。

私たちは、将来大人になっても、二人一緒にいるだろうと思っていた。両方の家族も、そうあるだろうと皆が思っていた。部活でもクラスでも、私と陽平は仲の良いカップルとして公認されていた。そして誰もが皆、私と陽平は、一生幸せでいるだろうと信じていた。

そんなある日、陽平は、部活中に鼻血が流れた。部活の皆は、心配してティッシュなどを持ち寄って、陽平の周りに集まった。

「すみません。お騒がせして」

陽平は、鼻にティッシュを詰めながら、上を向いて皆に言った。

「大丈夫?」

私は、陽平の横に立ちながら、陽平を見守った。

「うん。どうしたんだろう。昨日の夜も家で鼻血が出たんだ。それに最近疲れやすくて」

「鼻血が止まったら、今日は、もう家に帰った方がいいんじゃない?」

「そうだね。そうするよ」

陽平はそう言うと、しばらく休憩してから家へと戻っていった。

翌日、陽平は学校を休んだ。私は、その日の夜、陽平の自宅に電話した。

「今日、病院に行って、検査を受けてきた」

「どうだった?」

「検査結果は、数日後に出ることになっている。しばらく学校は休むよ。体調が良くないんだ」

「そう。ゆっくり休んでね。また元気に回復するよ」

「うん。検査結果が出たら、ゆきちゃんに報告する」

「ええ。そうしてちょうだい。疲れると良くないから、今日は、これで電話を切るね」

「うん。それじゃまた」

私は、電話を切りながら、なんとなく不安な気持ちになっていた。

それから数日後、陽平から電話があった。

「ゆきちゃん。僕、不治の病になっちゃった。検査結果で、急性白血病と診断された」

「えっ」

「明日から入院することになった。無菌室に入るんだって」

「そんな」

「だけど、本当なんだ」

「大丈夫だよ。きっとまた元気になるよ」

「うん。そうだといいけどね」

「絶対、大丈夫」

「ゆきちゃん」

「うん？」

「いつも親切にしてくれてありがとう。僕、ゆきちゃんのことは、大好きだよ。もう会えなくなるとしても、ゆきちゃんのことは、忘れない」

「やだあ。そんな一生のお別れみたいなことは、言わないで」

「うん。でも言っておきたいんだ。ゆきちゃんのことは愛している。心の底からそう思っている」

「陽平……」

「少し疲れてきたから、これで電話切るね。さようなら」

私たちは、電話を切った。そして、これが本当に最後の陽平との会話になってしまった。

それから一カ月後、陽平は、あの世へ去ってしまったのだ。

あまりに、あっけない最後。自分でも信じられなかった。四つ葉のクローバーを見つける天才だったのに。

陽平の家族から、陽平が亡くなったという電話を受けた日の夜、私は、一人で自分の部屋で泣いた。いつまでも、いつまでも涙が流れて、止めることができなかった。

月日が流れ、私は、大学生になっていた。私は、よく勉強をしたので、念願の経営学部に入学することができた。在学中も、よく勉強し、就職活動も順調に運び、都内のシンクタンク企業に内定した。入社後は、経営コンサルティング部に配属され、まずは、研究員の補助業務に従事した。熱心に仕事をしたおかげで、定年退職するまでには、主任研究員として活躍することができた。

私は、社会人になってから、一度だけ恋愛を経験した。大学時代の友人の紹介で知り合った男性で、私より三歳年上だった。とても優しい人で、私は、その男性と約三年間付き合った。だけれど、途中で、その男性は、大阪へ転勤してゆき、遠距離恋愛となってしまい、自然消滅するように、その恋愛は、幕を閉じてしまった。その後は、私は誰とも付き合うこともなく、六十五歳になった。私は、自分には、やりがいのある仕事があって、良かったと思っている。仕事のおかげで充実した人生を送ることができたと思っている。

絵画教室に入会してから半年が過ぎた。九月になって、絵画教室の展示発表会が行われる日になった。私は、神楽坂にある展示会場で、妹夫婦が見に来てくれるのを待っていた。

「お姉ちゃん」

「ああ、幸子ちゃん。太郎さんも。遠くからよく来て下さいました」

「お姉さん、お久しぶりです」

「私の絵を見て下さい。こちらにあります」

私は、妹夫婦を、自分の絵の前に連れていった。デッサン用石膏像のデッサン画だ。

「とてもよく描けてるね。本物の石膏像みたいにリアルに見える」

「ありがとう。月に二回教室に通って、半年かけて描き上げたのよ」

「お姉さんには、良い趣味があって、お幸せですね」

「ええ。絵画があるから、少しも寂しくはないわ」

私は、そう言いながら、陽平のことを思い出していた。私の切ない初恋物語。陽平は、遠いところへと旅立ってしまったけれど、陽平の魂は、今でも私の心の中に生き続けている。陽平は、最後の会話で、私のことを愛していると言ってくれた。私も陽平のことを今でも愛している。だから、私は少しも寂しくない。これからも、私と陽平の魂は、いつも一緒なのだから。

シングアウト

「おばあちゃん、こんにちは」

「ああ、よし子ちゃん」

「お母さん、お久しぶりです」

「典弘さん、よく遠くから来て下さいました」

「今日は、お邪魔します」

「明恵。あなたも元気そうで。どうぞお上がり下さい。お父さん、皆が来ましたよ」

「やあ。待っていたんだよ、さあさ、奥へ」

三月になって、陽気も春らしくなってきた。今日は日曜日で、娘の明恵一家が実家である我が家に遊びにやってきた。明恵には、夫の典弘がいて、二人の間には一人娘のよし子がいる。よし子は、今年の春から小学校に上がる。

私の名前は、大木チエ。来月四月に六十五歳の誕生日を迎える。一人娘の明恵が結婚をして、家を出てからは、夫と二人暮らしをしている。我が家は東京・神楽坂にあって、娘の明恵一家は横浜に暮らしている。

私と夫は、お見合い結婚をしていて、私が二十八歳の時、娘の明恵を出産した。でも、その後は、他に子どもには恵まれず、明恵だけが大切な一人娘となった。

「お母さん、はい、これ。おみやげ。いつものバナナケーキを作って持ってきたわ」

「ええ、ありがとう。私は、今日は、お昼にちらし寿しを用意しておいたわ」

「わあ、嬉しい。お母さんのちらし寿し、最高においしいのよね。典弘さんも喜ぶと思うわ」

「手を洗ったら、あなたも盛り付けするの手伝ってくれない？」

「はい」

明恵は、そう言うと洗面所へ行って、手を洗い、台所へと入ってきた。

「お皿は、スープ皿でいい？」

「そうね。テーブルの上に並べて下さらない？」

「はい」

明恵が台所のテーブルの上に、スープ皿を五枚並べると、私はそのお皿にちらし寿しを盛り始めた。そして明恵が、その上に錦糸卵と千切り海苔を乗せた。

「和室に持っていくね」

明恵は、和室の座卓の上に、お皿を並べた。箸とお茶も並べた。

「皆さん、お待たせしました。用意ができたからいただきましょう」

私が、そう言うと、皆で、いただきますと言ってから、食事を始めた。

「よし子ちゃんは、保育園は今月で卒園よね？」

「ええ、そうよ」

「小学校に上がったら、放課後はどうするの？」

「学校の放課後子ども教室に参加するのよ」

「それは、あなたが仕事から家に戻るまでの間、預かって下さるの？」

「ええ、そうよ。だから心配ないわ」

「私が近所に住んでいたら、私が預かることができたのにね」

「大丈夫よ。ボランティアの人がいて、ちゃんと子どもたちを見守って下さるんだから。それに、色々な学年の子どもたちとも交流ができて、社会性が身に付くのよ」

「おばあちゃん、私は保育園で育ったから、自分のことは、自分で何でもできるのよ」

「確かに、よし子ちゃんは、しっかりしているとおじいちゃんも思うよ」

「お母さん。今の時代は、夫婦共働きが普通だから、社会環境も、それなりに整っているし。子どもたちも、小さいうちから自立性があるのよ」

「今の若い人たちは、考え方が堅実で意志が強いわね」

「ええそうよ。お母さんたちの時代の女性とは、生き方が違うのよ」

「本当にそうだわね。お母さんたちの時代は、大方の女性が結婚をすれば専業主婦になったものよ」

「二人目はどうするのかな？」

「お父さん。私と典弘さんは、子どもは一人だけと決めているの」

「そうなのかい？」

「はい、お父さん。僕たちは、子どもは一人だけと決めています」

「私たち、精神的に、経済的に、ゆとりを持って生活したいの」

「おじいちゃん。私、一人っ子だけど寂しくはないよ。パパとママが私のことを大切にしてくれるから、とても幸せだと思っている」

「家族三人だからこそ、結束が固くて仲がいいのよ。それに典弘さんも、家の中のことは、何でもよくやってくれるし」

「僕は、料理も掃除も、洗濯もします。もちろん、よし子の世話もします」

「今の時代、仕事も家事も、育児も男女平等なのよ」

「お母さん。僕たちの時とは、考え方も生活の仕方も、今は違うようだね」

「ええ。お父さんも私も、価値観が古くなったのかもしれませんね」

「でも、そんなお母さんでも、昔はドラムを叩いて、音楽活動をしていたなんて、驚きだわ」

「ええ。今は体力がなくて何もできないけれど。私にも若い時があったのよ」

「僕も一度カセットテープで聞かせてもらいました。今から四十年以上も昔の音とは思えないくらい新鮮でした」

「私も聞いたけど。おばあちゃんって、若い時は頑張り家さんだったんだね」

「お母さん、おとなしいものね。そんなふうには全く見えない」

「父さんも、結婚してから、初めてカセットテープを聞かせてもらって。本当に驚いた。静かな人なのかと思っていたら、ドラムを叩いていたなんて」

「お父さんは、結婚するまで知らなかったの？」

「お母さんは、口数が少なくて、自分のことは、ほとんど語らない人なんだよ」

「お母さんて、静かでおとなしいけど。本当は活動的なところのある人なのかもね」

「父さんもそう思うよ」

「でも、今は本当に体力がなくて。家事をするので精いっぱいなの」

家族でそんな話をしながら、私は、ぼんやり過去のことを思い出していた。私の学生時代のことを。あれは、まだ私が二十一歳の時。そんな時代のことを回想していた。

その時代、私は都内にあるマリア女子大学に通っていた。マリア女子大学は、カトリック系の大学で文学部だけの単科大学だ。その中の国文科に私は在籍していた。私は、子どもの時から物語を読むのが好きで、グリム童話やアンデルセン物語、子ども向けの物語などをよく読んでいた。でも大人向けの小説は、やや苦手で、私は、大学に入学したら、子ども向けの物語について研究してみたいなと考えていた。

私は部活は、フォークソングクラブに所属していた。私は入学当初は、部活には所属しないつもりでいた。けれども、新入生歓迎会を見て、フォークソングクラブが楽しそうに見えて、入部を決めたのだった。

新入生歓迎会とは、色々な部活の部長さんが、自分たちの部活紹介をして、新入生に部活参加を呼びかけるというものだ。その時フォークソングクラブは、実演をしてクラブの様子を見せて下さったのだ。

フォークソングといっても生ギターで弾き語りをするというものではなかった。ドラム、エレキギター、エレキベースの音に合わせて、部員の皆で、大きな声で歌を歌うのだ。それには振りも付いていて、カラダを動かして、ダンスをしながら歌を歌うのだ。とても明るく、快活に見えて、私は、フォークソングクラブの実演に魅了されてしまった。特にドラムのリズムには心を奪われてしまった。

フォークソングクラブは、月曜日、水曜日、金曜日の週三回、放課後、学生食堂で練習をしているとのことだった。私は、早速、新入生歓迎会を見た日の翌週の月曜日に放課後の学生食堂を訪ねた。

部員たちは、ドラムを組み立てたり、ギターやベースの調律をしたり、楽譜を見ながら歌の確認を行ったりしていた。

「あのう。すみません」

「はい」

「フォークソングクラブに入部したいんですけど」

「まあ。よく来てくれました。他にも入部したいと言ってきている新入生がいるから、こちらに来てちょうだい」

学生食堂は、その時、テーブルと椅子を、食堂の四すみのうちの一すみに寄せて、練習するスペースを確保されていた。先輩に案内されて、新入生が集まっている場所へ行った。

新入生は、私も含めて全部で六人いた。

「フォークソングクラブは、新入生歓迎会を見て入部を決めてくれたの？」

先輩が、私たち新入生に聞いた。

「はい」

新入生の皆が答えた。

「そう。私たちの歌は、三パートに分かれているのよ。アルト、メゾ・ソプラノ、ソプラノ。これから、あなたたちが、どのパートに属するかテストするから、ギターに合わせて一人ずつ発声してもらうわね」

先輩は、そう言うと、新入生一人一人に発声させて、新入生の誰が、どの音域に属するかを調べ始めた。そして先輩は、二人ずつ、新入生の各パートを決めて下さった。私はソプラノに配属が決まった。その日から、私はフォークソングクラブの部員になった。

フォークソングクラブには、あるシステムがあった。一・二年生のうちは、歌を歌い、三年生になると、三年生のうちから三人、ドラムとエレキギターとエレキベースを弾いて、バックバンドを務めるというものだ。そして、四年生になると、クラブを引退していくのであった。

先輩は、私たち新入生六人に、どの楽器を担当してみたいかと尋ねた。私はドラムを希望していますと答えた。結局、ドラムとベースを希望する新入生は一人ずつで、残りの四人は、ギターを弾きたいとのことだった。

先輩は、担当の楽器を、これまで練習したことがあるかどうかについて質問した。

私は、ドラムには、一度も触ったことがなかった。ドラムという楽器を、自分の目で実物を見たのも、新入生歓迎会の時が初めてだった。でも、先輩は、私に、大丈夫よと言った。先輩たちも皆、クラブに入部してから初めて楽器に触った人が、ほとんどだから、と言った。

そして部員たちは、三パートに分かれて、歌の練習を始めた。歌は、ほとんどのものが英語の歌詞で、日本語のものは、ほんのわずかとのこと。私は、英語が苦手で、歌に慣れるまでには、時間がかかるかもしれないなと思った。

楽譜は全て、フォークソングクラブに代々受け継がれている手書きのものだった。それを部員たちで、コピーして、大切に保管するようにしていた。各学年には、音楽担当という役割の人がいて、その人が、楽譜を書いた。だから楽曲は、毎年三曲ずつくらい増えていた。といっても、作詞・作曲するわけではなく、既成曲を、三パートに分けて楽譜を作るわけだから、多少、ギターやピアノが弾ける音楽担当の人にとっては、それほど難しい作業ではなかった。

先輩は、クラブの楽譜集を、一年生の皆に貸すので、次回は、その楽譜集をコピーして一冊のスクラップブックに貼りつけて、持ってきてちょうだいねと言った。それで私たち一年生は、先輩たちから、楽譜集を借りると、帰宅途中、文具店や書店に立ち寄り、楽譜をコピーして、家へと戻っていった。

フォークソングクラブの一年間の行事としては、次のようなものがあった。

まず、春休みに一・二年生で春合宿を行う。そして新学年が始まると、新入生歓迎会を行って、新一年生を部員として迎える。マリア女子大学には、芝の生えている美しい庭があって、そこで五月にガーデンパーティーが行われる。それで、庭で歌と演奏を披露する。六月には、他の大学とジョイントコンサートを行う。夏休みになると、一・二・三年生で夏合宿を行う。そして十月に、どこかの公会堂を借りて、コンサートを行う。もちろん、週三回の練習は、大学が長期休暇の時を除いて、毎週行われる。だから、ほぼクラブ活動を中心に忙しく毎日が過ぎるという感じになる。

私たちは、学生なので、もちろん勉学もしなくてはならない。大学の授業によっては宿題が出たり、小テストも行われたりする。単位を落とさないように、まじめに勉強をしなければならない。

人によっては、その他にアルバイトをしている人もいる。

そして部活を引退後の四年生になれば、卒業論文に取り組まなければならない。就職活動もしなければならない。

大学の四年間は、ゆっくりする時間もあまりないまま、多忙に多忙を重ねて、年月が流れていくという形になる。

部活を中心に毎日を過ごして、私は、大学二年生の三月を迎えていた。春合宿のシーズンになったのだ。ここからが、秋のコンサートに向けて、大忙しの充実した毎日が始まる。

春合宿が始まる日の朝、私たち一・二年生は、大学の校舎に集まっていた。その前に、フォークソングクラブのその当時の部員のことについて説明しなくてはならない。

私の学年は、当初六人の部員がいた。しかし、少しずつ仲間がやめていき、その頃は私の学年の部員は、私も含めて三人となっていた。でも、なぜか、ギター、ドラム、ベースの三人が残っていた。そして私たち三人は、それぞれの役割を担っていた。

部長は、西洋文化学科のミカ。音楽担当は、英文科のケイ。そして演出は私が役割を担った。ミカはベースを、ケイはギターを、私はドラムを演奏することになっていた。

一年生は全部で七人いた。それで春合宿には、一・二年生の十人で出かけることになった。

合宿場所は、神奈川県の逗子。逗子の海岸のすぐそばに建つ一軒家を借りて、そこで一週間を皆で練習をしながら過ごすのだ。

私たちは、大型バス一台をチャーターし、まず、楽器をバスに運び入れた。それから個人個人の荷物のカバンを持って、部員たちは、バスへと乗り込んだ。

私たちは、バスの中で皆で歌を歌ったり、おしゃべりをしたり陽気に楽しく逗子へと向かった。

バスは、一時間ほどで、逗子の合宿場所に到着した。私たちは、楽器をバスからおろすと、合宿場所の一軒家の中へと運び入れた。それからミーティングをした。

「皆さんお疲れさま。バスの旅はどうでしたか？　疲れませんでしたか？」

部長のミカがまず挨拶をした。

「はい大丈夫です」

「元気でーす」

「これから私たちは、一週間一緒に過ごしていくことになります。音楽のスキルを上げることも大切ですが、チームワークを向上させることも大切だと考えています」

部長のミカが続けた。

「一日の過ごし方ですが。起床は朝六時です。そのあと七時に朝食をとります。朝食は、この家の大家さんが作って用意してくれます。そして九時から十二時まで歌の練習をして、十二時に昼食をとります。昼食も、大家さんが用意してくれます。午後の一時から三時まで、各パートに分かれて練習をします。バックバンドの人は楽器演奏の練習をします。そのあと四時まで、皆で歌合わせをして各パートの音がハーモニーを奏でているかの確認をします。それから五時までミーティングを行います。夕食は六時です。夕食も大家さんが作ってくれます。そのあとは入浴したり、自由にして、友交を深めて下さい。十時に就寝です」

「はい、わかりました」

「了解です」

「楽しい一週間を過ごしたいと思います」

「今日は、お天気もいいし、昼食まで時間があります。せっかく逗子の海へ来たのだから、これから皆で砂浜へおりていきましょう」

「わーい。嬉しいな」

「海岸なんて、もう何年も来たことがありません」

部員の皆は、ワイワイ言いながら、海岸へと楽しく向かった。

私たちは、にぎやかに明るくはしゃいでいた。私たちの年齢は、十九歳と二十歳だった。その年齢の娘らしく、私たちはとても無邪気で、ほほ笑ましかった。私たちは皆、飾ったり気どったりすることはなく、ありのままで自然体だった。私たちは皆幸せだった。私たちは皆で歌っていた。喜びと嬉しさで笑い合っていた。そうして皆で三十分位砂浜を散歩した。

「もうすぐ十二時になるから、合宿所に戻りましょう」

部長のミカは、皆に声をかけた。

「はーい」

「おなかすきました」

皆で合宿所へと戻っていった。

その日のお昼のメニューはカレーライスだった。

「皆、そろっていますね。それではいただきましょう」

部長のミカが言うと、皆でいただきますと言ってから食べ始めた。

「海でカレーって、何かいいなあ」

「ホント、海にカレーライス似合うよね」

「福神漬けに、らっきょう」

「最高の組み合わせだね」

皆は、カレーライスに大満足の様子だった。

「皆さん、食べ終わりましたね。それでは食器をキッチンに下げて下さいね。お皿を洗うのは、大家さんがして下さいます」

皆は、食器をキッチンのシンクへと下げた。

「一時から、パート別に練習して下さい。アルトは一年生の部屋を。メゾ・ソプラノは二年生の部屋を。ソプラノは、もう一つ空き部屋があるので、それぞれの部屋を使って下さい」

部長のミカが言うと、皆は、それぞれの部屋へと入っていった。

「私たちは、この部屋で楽器の練習をしましょうね」

ミカが言うと、私とケイは、食堂である日本間の座卓を片づけ始めた。そして私は部屋の後ろのすみに、ドラムを組み立て始めた。ミカとケイは、それぞれベースとギターの調律を始めた。それ以降は、食堂である日本間で皆で集まって歌の練習をしていった。

三時になって、各パートの部員が食堂である日本間に戻ってきた。皆はパート別に並んで立った。

音楽担当のケイが皆の前に出てきて、歌の指導を始めた。

「それでは、これから、歌の練習を始めます。美しいハーモニーを作れるように、各パート、それぞれしっかり自分のパートの音を歌って下さいね」

私は、バックで、ドラムを叩いて、練習に参加した。曲の途中で何回か音を止めて、ケイは、歌の調整を行った。そんな練習を一時間行って、四時になった。

「では、これからミーティングを始めます」

部長のミカの合図で、私たちは輪になって座り、本日の反省会を行った。皆は、朝から行動していて、少し疲れたけれど、充実した楽しい一日を送ることができたことに満足していた。

五時まで今日一日の感想を言い合ったり、笑い合ったりして、ミーティングを続けた。そのあと六時から夕食をとって、入浴をして、おしゃべりして友交をはかり十時に就寝した。

そのようにしながら私たちは、無事に一週間の春合宿を過ごすことができた。

四月になって、私たち部員は、二年生と三年生になった。その日は、新入生歓迎会が行われる日だった。私は一年生の時の新入生歓迎会を思い出していた。私は、そこでフォークソングクラブの実演を見て、入部を決めたのだった。他の部員たちも同様だと話していた。それだけ、新入生歓迎会とは大切なものなのだ。

新入生歓迎会は、大学の講堂で行われることになっている。フォークソングクラブは、一番初めにステージに上がることになっている。私たちが楽器を片づけて退場したあとから、他の部活の部長さんが自分たちのクラブの紹介をすることになっている。

だから講堂の準備は、フォークソングクラブでするように任せられていた。私たち部員は講堂に五十脚、折りたたみ式の椅子を並べた。それから、ステージの上にドラムを組み立てたり、アンプを並べたりした。

「新入生歓迎会って、私たちの第一印象を決定づける大切なものよね」

「そうよ。部員のほとんどの人たちが、新入生歓迎会を見て入部を決めているわ」

「明るく元気に歌いましょうね」

「バックバンドもリズミカルに演奏しましょうね」

「春合宿の成果を発揮しましょう」

衣装は、前年のコンサートで着用したものを着ることになっている。メゾ・ソプラノの部員は、上はピンクのポロシャツに白のスカートと白のスニーカーを着用する。アルトとソプラノの部員は、上はブルーのポロシャツに白のスカートと白のスニーカーを着用する。そしてメゾ・ソプラノの部員が中央に立ちその両側にアルトとソプラノの部員が立つ。部員たちは、それぞれの衣装に着替えて、新入生歓迎会が行われるのを待った。

新入生歓迎会は、四月の第二土曜日の午後一時から開催されることになっている。そして午後の一時になって、新入生歓迎会が行われる時刻になった。

私たち部員は、ステージに登場していった。

「新入生の皆さん、御入学おめでとうございます。今日は、これから在校生による部活の紹介をしていきます。まず初めは、私たちフォークソングクラブです。これから実演をしますので、皆さん御覧になって下さいね」

部長のミカが、まず挨拶をした。講堂の中の五十脚の椅子は、ほぼ満席だった。

「ワン、トゥ、スリー、フォー」

私はスティックを鳴らしてカウントをとった。イントロの演奏が講堂内に流れた。最初の曲目は、私たちフォークソングクラブのテーマ曲である明るい曲調の歌を歌った。私のこの小さな光を、いつか明るく輝かせましょうという内容のゴスペルをアップテンポに編曲したものだ。部員の皆は、大きな声で高らかに歌った。

二曲目は、初恋をテーマとした歌を選んだ。甘く透き通るようにして、部員たちの歌声が講堂内に流れていく。私は、この曲を聞くと、中学生時代に見た初恋の映画を思い出す。その映画は、11歳の少年少女の淡い初恋物語を描いたものだ。主人公の少年と少女の瑞々しい恋物語。私は、共演の少年の少し不良っぽい感じにも憧れを抱いたものだった。

二曲演奏が終わって、部長であるミカが勧誘の言葉を最後に述べた。

「皆さん、いかがでしたか。私たちの歌を聞いて、良かったなと思う人がいたら、ぜひフォークソングクラブに入会して下さい。私たちは、いつも、月曜日と水曜日と金曜日の放課後に、学生食堂で練習しています。皆さまがいらして下さるのをお待ちしてます」

講堂内に拍手が湧き起こった。

部員たちは、ドラムセットやアンプなどをステージからおろして、退場した。

「反響は、良かったんじゃない?」

「うん。まずまずだと思う」

「新入生、入部してくれるといいね」

ミカとケイと私の三人は、一年生が私たちのところを訪ねてくれるのを期待した。

翌週の月曜日になった。私たちがドラムを組み立てたり、ギターやベースを調律したりして、部活を始める準備をしていると、新入生が訪ねてやってきた。皆、フォークソングクラブに入部したいとのこと。入部希望者は、全部で七人いた。

音楽担当のケイが、入部希望者に言った。

「今日は、私たちフォークソングクラブへようこそ。皆が来て下さるのを心待ちにしていました。新入生歓迎会を見て気づいたと思うけれど、私たちは、三つのパートに分かれて歌を歌っています。アルト、メゾ・ソプラノ、ソプラノ。だから、これから皆さんの声の領域が、どこに属するかをチェックすることにします。一人ずつ私の前に来てギターに合わせて発声して下さいね」

ケイは、新入生たちの声の領域を調べ始めた。

そしてアルト二人、メゾ・ソプラノ三人、ソプラノ二人に区分けした。

それから私たちは、三つのパートに分かれて、それぞれの分担のパートの歌を練習し始めた。新入生たちは、皆、歌い慣れている雰囲気だった。

そして、帰りに新入生たちに、楽譜のスクラップブックを一冊ずつ手渡した。

「次の練習日までに、これをコピーして、自分専用の楽譜帳を作って持ってきて下さいね。これは、フォークソングクラブの先輩たちから代々、受け継がれているものだから、大切にして下さいね」

音楽担当のケイは、そう言うと、新入生たちに、にっこりほほ笑んだ。

楽器の片づけも終わり、ミカとケイと私の三人は、帰り道を歩いていた。

「どう？　新入生の感じ」

ミカがケイに尋ねた。

「うん。皆、いい感じ。声がきれいで音程の取り方も、とても正確」

ケイは答えた。

「それじゃあ、今年のコンサートは期待できそうね」

ミカが言った。

「ええ。私、今年のコンサート、いいものになるような予感がする」

ケイが言った。

「ところでチエちゃんは、いつも家ではドラムの練習をする時、電話帳を床に置いてそれを叩いて練習しているのよね？」

ミカが言った。

「ええそうよ。私、家にドラムセット持ってないし。二人は、夏休みはギターとベースを家に持っていって練習する予定なんでしょ？」

「ええ。学校のを借りて持って帰って練習するつもり」

私たち三人は、そんな話をしながら駅まで一緒に歩いた。

五月になり、ゴールデンウィークも明け、暖かな季節となってきた。マリア女子大学には、庭があり、庭の芝も青々としてきた。サツキの花も今が満開で、庭は緑とピンクで彩られていた。

マリア女子大学では、この季節に庭でガーデンパーティーが行われる。お茶とお菓子の店も出て、女子大らしく可愛らしく華やかにパーティーは行われる。

その時、フォークソングクラブは、庭で歌と演奏を披露するのが習わしとなっていた。その年も、私たちは、歌と演奏を披露するために、ドラムやアンプなどを庭に並べていた。

そして私たちの披露が始まった。青空に私たちの歌声が響き渡った。観客たちは皆笑顔になっていた。曲は全部で三曲演奏され、観客たちの温かい拍手で無事に私たちの披露も終えることができた。

私は、演奏を終えると、楽器を校舎の中にしまい、私服に着替えてから、お茶とお菓子の店へと向かった。そこには、私の母と祖母が来ていた。その当時、私の祖母は、私の両親と私と私の妹と共に一緒の家で暮らしていた。

「おばあちゃん」

私は、手を振りながら、母と祖母のところにやってきた。

「チエちゃん、とても良かったわよ」

母が褒めてくれた。

「うん。ありがとう」

「お菓子もおいしいわ。あなたもここへ腰かけて一緒に食べましょう」

私はテーブルのところの椅子に腰かけた。

「お庭のサツキの花がとてもきれいね」

祖母が言った。

「こんなステキな大学に通えるあなたは、幸せね」

「うん。おかげ様で。毎日楽しく過ごさせていただいています」

「お父さんもね、来られたら良かったんだけれど。今日はゴルフの約束があるんですって」

「でも、おばあちゃんとお母さんが来てくれたから、それで充分よ」

「お菓子は手作りなのね」

「女子大らしくていいでしょう」

「きれいなお嬢さんが大勢いるわね」

「フフッ。だって、みんなお年頃だもの。今が一番きれいでかわいい年齢よ。ところで校舎の中には、色々なものが、各教室で催されているのよ」

「それじゃあ、お教室にも行ってみましょうか」

「これ片づけてくるね」

私は、コーヒーの入っていた紙コップとお菓子の入っていた包みをゴミ箱に捨てた。それから、私と母と祖母の三人で校舎の中へと入っていった。

「色々な展示物があるけど、何を見たい?」

「そうねえ。しばらく歩いて、お教室を覗いてみましょう」

「あっ。ここ書道部の展示みたいよ」

「あら、そう。じゃあ、このお教室に入ってみましょう」

私たち三人は、入り口の作品から見ていった。

「この作品、しっかり楷書で書かれてあって、理解しやすいわね」

「ええ、私もこういうふうに、点画を正確に書く書き方が好きよ」

「その隣の作品は行書体ね」

「行書は次の線へと流れるように書くから、少し難しいわね」

「あら。こっちには、ペン習字もあるわ」

「ペン習字は、実務的で、一生、普段の生活の中で役に立つと思うわ」

「チエちゃんは、子どもの時、お習字に行っていたから、こういうものにも興味があるでしょう」

「ええ。私は、ドラムを叩くのも楽しいけど、こうやってお習字を見るのも好きよ」

私たち三人は、書道部の教室を一通り見て歩いた。

それから隣の教室を覗いたら、絵画が展示されていた。

「絵も観ていきましょうか」

「そうね」

一番入り口のところには、くだものの静物画が飾られていた。

「こういう写実的な絵は、わかりやすいし、気持ちが落ち着くわね」

母が言った。

「そうね。このくだもの、とてもおいしそうに描かれている。それに優しい感じもするし」

私も感想を述べた。

「その隣の絵は、鉛筆と色鉛筆で描かれているわ」

「うん。カラフルで可愛らしい感じがする」

「いかにも女性が描いたという雰囲気の絵ね」

「ここには、水彩の抽象画もあるわ」

「抽象画は、よくわからないけれど。でも全体の印象としては、とてもキレイね」

「どの絵を見ても、女性らしくて。いかにも女子大の文化祭という気がするわ」

「チエちゃん。おばあちゃん、少し疲れてしまって。どこかで休みたいわ」

「ああそれなら、一階にサンドイッチのお店があるはずよ。そこへ行ってみましょう」

私たち三人は、二階から階段を降りて、一階にあるカフェへと向かった。

「ここはサンドイッチとか、おにぎりを売ってるお店のはずよ。中へ入ってみましょ」

私たち三人は、窓際のテーブルの席に腰をおろした。

「おなかすいたでしょ。私、何か買ってくる」

私は、販売コーナーへ行くと、サンドイッチとおにぎりとコーヒーを買った。

「どうぞ食べて」

私は、買ってきたものをテーブルの上に並べた。

「うん、おいしい。おばあちゃんは、おなかがすいていたんだわ。食べたら、急に元気になってきた」

「良かった。お母さんも食べてね」

「ええ、ありがとう。それにしても、チエちゃんがドラムを叩くなんて、お母さん想像もしてみなかったわ。チエちゃんは、どちらかと言うと、お習字をしたり、絵を描いたり、料理したり。そういうことを好きな人だったでしょ?」

「ええ。私も自分で意外な気がしてる。だけど、ドラムを叩くようになって、新たなる自分を発見したような気分になっているのよ。私って、どちらかというと静かでおとなしいタイプの人間だったじゃない? 私、ドラムを叩くようになってから、自分が活発で積極的な人間になったような気がして、今の自分を楽しんでいるのよ」

私がそう言うと、母は、明るい笑顔で私に頷いた。

六月になって、ジョイントコンサートの行われる月になった。その年は都内にある桜山大学と一緒に開催することになった。会場は、桜山大学の体育館。しかしコンサートといっても、一時間くらいで終了するミニコンサートだ。

合同曲は、その時代、日本で大人気だったグループ歌手の歌を選んだ。この一曲だけは、桜山大学とマリア女子大学で合同で歌うことになった。それ以外は、それぞれの大学の部員だけで、四曲ずつ、歌うことになっている。

合同練習は、桜山大学のキャンパスの中にある教室で行われた。マリア女子大学には部員が全員で十七人いるが、桜山大学には部員が二十人いた。だから、総計三十七人で、歌と演奏を披露していくことになるわけだ。

桜山大学には男子もいる。男子の歌声は、とても大きくて力強い。合同曲の時は桜山大学の男子がバックバンドを組んで演奏する。

男子の演奏は、私たち女子の演奏と違って、力がこもっていて頼もしい。リズムも安定していて、安心感がある。私は桜山大学とジョイントコンサートをすることにより、自分は、もっとスキルアップしなくてはならないことを痛感した。自分の演奏は未熟だということが、よくわかった。それ以降、私は自分に気合いを入れて練習していくことになる。

その点において、桜山大学とのジョイントコンサートは、良い勉強になったと思っている。

そして夏休みになり、夏合宿が始まった。合宿場所は、前回と同じ逗子の海岸のそばに建つ一軒家に決まった。

私たち部員は、春合宿と同様に大型バス一台をチャーターして、楽器と共に十七人の部員全員でバスに乗り込み、逗子へと向かった。

部員の全員が、桜山大学と合同でコンサート練習をしてから、大きな刺激を受けて、自分たちは、もっと大きく成長しなければならないという気持ちになっていた。

皆が秋のコンサートに向けて、進んで積極的に物事をなしとげなければならないという心持ちになっていた。

私たちは、朝の六時に起床し、九時から歌の練習を始めた。音楽担当のケイは熱心に歌の指導を行った。部員たちも、おなかの底から大きな声を出して歌を歌った。夏合宿の一週間で部員たちの声は力強いものに成長していた。

各パートが、しっかり自分たちの音を正確に出すように細心の注意を払った。

そして私たちのハーモニーは、日一日を重ねるごとに円熟したものとなっていった。

私たちは、コンサートに来場して下さる皆様に充分満足していただける音楽を届けたいと、まじめに考えるようになっていった。

ある日の合宿所での夜、ミカとケイと私の三人は、コンサート曲のことについて話をしていた。

「私、コンサートのエンディング曲は、重々しく落ち着いた感じの曲にしようと思っているんだけど」

ケイが言った。

「ふうん。重々しくて落ち着いた感じの曲ね」

ミカが言った。

「私、エンディングについては、振りは付けないで、自然とカラダが動くままに歌うようにしようと思っている」

　私が言った。

「どうして？」

　ミカが尋ねた。

「振りは付けないで、歌に集中して、歌って欲しいと思っているから」

　私は言った。

「私は、それについては、いいと思う。私もエンディング曲は、お客さんの皆さんに深い感銘を与えるような仕上げにしたいと思っているから。だから気持ちを歌に集中して歌って欲しい。そして、毎年、アンコール曲を歌うけど、今年はエンディング曲が終わったら、もう幕はあけないで、それで終わりにしたいと思っている」

　ケイも希望を述べた。

「私も、それに賛成よ。いつまでもダラダラ続けるのじゃなくて、エンディング曲が、お客さんたちの心に深く刻み込まれて、コンサートが終わったあとの帰り道でも、心の中に印象深く残るような、そんなものにしたいと考えている」

　私は言った。

「二人とも、エンディング曲は、思い入れが感じられるようなものにしたいのね」

ミカが言った。

「うん。私、エンディング曲は、お客さんの感情に訴えかけるような、感動的なものにしたいと思っている」

ケイが言った。

「それなら楽器の演奏の仕方も、そのようにしないとね」

ミカが言った。

「私、ドラムの叩き方、少しリズムを引っぱるような感じでやってみようかな」

私は提案した。

「具体的には、どうやって叩くの？」

ミカが尋ねた。

「少し、ひと呼吸おいて、スネアを叩くのよ」

「ふうん。なるほどね」

「そうすると曲全体が重々しくて、落ち着いた感じになるのよ」

「ドラムでも感情表現ができるのね」

「そうよ。音の大きさにも強弱をつけて、ドラムも歌を歌っているかのようにして感情移入させながら叩くのよ」

「一部のオープニング曲が元気で明るい曲であるのに対して、二部のエンディング曲は重厚で感動的な曲にしたいのね？」

ミカが言った。

「ええ、そうよ」

ケイが言った。

「コンサートの構成全体も、一部は元気に明るく。二部は落ち着いて大人な感じで仕上げたらいいなと思っている」

私はコンサートの演出について述べた。

「そうね。めりはりは大切よね」

ミカが言った。

「だから司会も、一部は元気で明るい一年生。二部は、しっとり静かな感じの二年生に任せようと考えているの」

私は答えた。

「私、他にも決めている選曲があるのよ。一部では、明るい曲調の曲を可愛らしく歌って、二部では二年生だけで大人な感じの曲を人生の哀愁を込めて、でも明るさも持たせながら歌ったらいいなと思っているの」

ケイが選曲の希望を述べた。

「私は、一部の最後の曲は、日本語の曲にして欲しいな」

ミカが言った。

「そうね。一曲は、日本語の曲も欲しいわね」

私も同調した。

「それなら、何かいい曲がないか、私も検討してみるわ」

ケイが答えた。

私たち三人は、コンサートに向けて、具体的な内容について色々と話し合った。

私は部活を中心に学生生活を送っていたけれども、勉強の方も、熱心に力を入れていた。部活をしているから、単位を落としたということになるのは、まっぴらごめんだった。

部活以外の日は、学校の予習・復習もよく行い、試験の前には、まじめに勉強に取り組んだ。そのおかげで、単位を落とすこともなく、三年生まで進級することができた。

国文科には、仲の良い友人が二人いた。みゆきとゆかりという名前の女子学生だった。みゆきとゆかりは、部活には所属せず、放課後は、いつも国文科の研究室に二人で閉じこもり、『源氏物語』に関する文献を読み漁っていた。

二人は、とても仲が良く、いつも一緒で、まるで姉妹のようだった。二人は地方の出身で、学生時代は、大学の運営する寮に共に暮らしていた。二人はとても可愛らしく、二十歳の年頃の娘らしく、素直であどけなく、他人に対して思いやりがあり、上品で情もこまやかだった。

マリア女子大学はとても小さな大学で、人員数が少なく、国文科の学生も一学年が八十名という家庭的な雰囲気を持っていた。私の卒業した高校から、マリア女子大学に進学した人は、私の学年には誰もいなくて、入学当初、私の知り合いの人は一人もいなかった。そんな私に、初めて声をかけてくれたのが、みゆきとゆかりだった。

彼女たちは、夏休みは、それぞれの実家へと帰省していた。そして夏休みが終了する一週間前に、彼女たちは、実家から大学の寮へと戻っていた。そして彼女たちは一日だけ、私の家へ遊びに来ることになった。

私の家はマリア女子大学の最寄り駅から二駅電車に乗ったところにあった。

だから、二人は、迷うことなく、すぐに私の家に来ることができた。

二人は、その日の午後一時に、私の家へやってきた。

「こんにちは。お邪魔します」

「ようこそ。お久しぶり。どうぞ上がって」

そう言うと、二人は玄関で靴を脱ぎ、靴をそろえてから、家の中へ入ってきた。

「これ、おみやげ。寮の近所にケーキ屋さんがあって、そこの焼菓子なの」

「どうもありがとう。こちら、私の部屋へどうぞ」

私の部屋には、コタツがあって、夏は座卓として利用していた。

私は二人に座布団をすすめた。

「今、お茶を入れるわね」

私は、キッチンへ行って、アイスティーを三つ作った。そして、おみやげとしていただいた焼菓子を、お皿の上に乗せた。私はそれをトレーの上に並べて、自分の部屋へと運んだ。

「いつ、東京に戻ったの？」

私は尋ねた。

「一週間前よ」

「家に戻って楽しく過ごせた？」

「ええ。家族の皆に会ってきて、とても楽しく夏休みを過ごしたわ」

「チエちゃんは、ご両親の実家に里帰りしたの？」

「私の両親は、二人とも東京に実家があるのよ。私の家も都内にあるでしょ。だから、私は地方のいなかに帰省するという習慣がないのよ」

「そうなんだ。チエちゃんは、純粋に都会育ちの人間なのね」

「ええ。そうなのよ。それに母方の祖父は去年亡くなって、それ以来母方の祖母は、私の家で一緒に暮らしているの」

「今日、家族の人たちは？」

「みんな出かけている。父は仕事だし。妹は友だちと遊びに出かけているし。母と祖母は、二人でデパートへ買い物に出かけたわ」

「じゃあ、今日は、チエちゃん、家に一人なのね」

「そうよ。だから二人とも、ゆっくりくつろいでちょうだい」

「アイスティー、冷たくておいしい」

「これ、おみやげでいただいた焼菓子も、皆で食べましょう」

私たちは、焼菓子の包みをあけ始めた。

「うん。ホントおいしい。甘過ぎずしっとりしている」

「ここのマドレーヌ、私たちのお気に入りなのよ。二人で時々一緒に食べるの」

「二人は、とても仲が良いのね。学校ではいつも二人一緒にいるし」

「学生寮にいる時も、私たちいつも一緒なのよね」

「だから、私たちって、ホームシックになったことがないわ」

「二人は、放課後は、いつも国文科の研究室で勉強してるよね」

「ええ、そうよ。『源氏物語』に関する文献を手当たり次第読んでいるわ」

「二人とも『源氏物語』が、本当に好きなのね」

「ええ。平安時代の昔に、あんな長編物語を書いたなんて」

「その時代、女性の地位は低いものだったでしょ。なのに、あれほどの文学を書いた女性がいたっていうことに、私たち驚いているのよ」

「でも光源氏って、一言で言えば、プレイボーイじゃない」

「平安の時代は、男性は女性のところへ訪ねるのが普通だったのよ」

「男性が訪ねてこなくなったら、女性は、さぞかし落ち込んだんでしょうね」

「その悲哀が、また、文学のいいところなのよ」

「ふうん。『源氏物語』が文学的に評価されるのは理解できるけど。でも、私は、女性の立場から言わせてもらえば、やるせない気分になるなあ」

「チエちゃんは、今後は卒論に向けて、どうするつもりなの？」

「私は近代文学にしようと思っている」

「誰の作品にする予定なの？」

「今は、まだ何も考えていない。でも私、恋愛ものとか、暴力的なものとか、そういうのが苦手なのよね。だから心から安心して読める児童文学的なものについて書いてみたいと考えているの」

「児童文学か」

「宮沢賢治なんてどう？」

「宮沢賢治ねえ」

「彼は仏教を信仰していたみたいよ。農民生活に根ざした童話作品もあるわ」

「みゆきちゃん、宮沢賢治に詳しいのね」

「別に詳しいわけじゃないけど、子どもの頃、いくつか作品を読んだことは、あるわ」

「そうなんだ。みゆきちゃんって、根っからの文学少女なのね。そうか、宮沢賢治か。いいかもしれない。私、十月に部活は、実質上引退するのよ。コンサートが終わったら、もう週三回の練習には三年生は参加しないしきたりになっているの。コンサートが終わったら、宮沢賢治読んでみようかな」

「ええ。半年あれば、四年生になるまでに主な作品を読めると思う。卒業論文を書くのに間に合うと思う」

「ところで、卒業論文って、四百字詰め原稿用紙で百枚以上書かないといけないっていう噂を聞いたことがあるけど、それって本当？」

私は尋ねた。

「そうらしいわね。百枚以上書くようにするみたいよ」

「自分に百枚なんて、書けるのかなあ」

「百枚は、かなりキツイわよね」

「でも、みゆきちゃんもゆかりちゃんも、いつも文献を読んでいるから、百枚だったら、軽く書けるんじゃない？」

「とんでもない」

「読むのと、書くのは全く別ものよ」

「よく本を読んでいる二人にも、書くのは難しいのか」

「書く作業って、普通あまりやらないでしょ」

みゆきが言った。

「読むことはできても、書くことは、大変なことよ」

ゆかりも言った。

「そうよね。日常、いつも普通に会話はするけれど、文字で文章にするのは慣れた人じゃないと結構困難なことよね」

私は言った。

「本当に百枚は、私たち学生にとっては、キツイ作業だと思う」

「いただいたクッキーも袋をあけるね」

私は、クッキーの袋をあけて、お皿の上に広げた。

「このクッキー、バターの香りがするでしょ」

「ホントに。いい香り。甘い柔らかい香りがする」

「チエちゃんは、普段、お菓子作りとか、家でやるの？」

「あまりやらない。何回か作ったことはあるけど」

「私たちも寮に入ってからは作ったことないけど。高校生の頃は、家でよく焼いたわ」

「二人は、文学少女である上に、お菓子作りも得意なのね」

「ゆかりちゃんは、料理も得意みたいよ。ゆかりちゃん、そうでしょ？」

「ええ。寮に入ってからは寮で食事を出して下さるから、全く料理はしてないけど。料理自体はとても好きよ。この夏も、実家では、毎晩、私が夕食を作ったわ」

「文学少女は、お菓子作りも料理もする。家庭的なのね」

「チエちゃんは、大学卒業後は、就職するの？」

「ええ、そのつもり。でも三年くらい勤めたら、お見合いして結婚して専業主婦になると思う」

「そうなのね。就職して社会勉強するのね」

「そうよ。みゆきちゃんとゆかりちゃんは就職しないの？」

「実は、私たち、もう既に、お見合い話が来てるのよ」

ゆかりが言った。

「えっ。もう来てるの？」

「私たち、大学を卒業したら結婚するように両親から言われているの」

みゆきは答えた。

「そうなの」

「私たちも、一度は就職して、社会経験を積みたいとは思っているんだけど」

「お父さんが、それを認めないのね？」

「そうなのよ」

「二人とも、本当のお嬢様なのね」

みゆきとゆかりの二人は顔を見合わせると、首を少し傾けて残念そうな表情をした。

九月になって、大学の後期が始まった。来月には、私たちフォークソングクラブのコンサートが開催される。私たち部員は、歌と演奏の練習を熱心に行っていた。

それと同時に、コンサートに関する色々な仕事をしなければならない。部長のミカは、全体を統括する仕事を。音楽担当のケイは、音楽に関する仕事を。そして私は演出に関する仕事を。私たち三年生の三人は、自分たちの担当する仕事に責任を持っていた。

これまで演出の仕事としては、歌いながら踊る、その振り付けを行ってきていた。

そして夏休み中に手描きでポスターとパンフレットの作成を行い、九月になってから、それを印刷所に提出した。ポスターもパンフレットも可愛らしくでき上がって、部員の皆からは好評価を得た。

そして、衣装は、既成品を買って、皆でそれを着ることになった。バックバンドは紺色の袖なしのボレロとパンツ。歌う皆は、ピンク色の袖なしのボレロとスカート。ボレロの下には、白のボタンダウンの綿シャツを着ることになった。

皆で衣装合わせをして、アルト、メゾ・ソプラノ、ソプラノの順に並んで立ったら、二十歳の年頃の少女らしさがあって、とても可愛らしかった。

私たちバンドの三年生は、紺色のパンツ姿で、カッコ良かった。

そして、十月になってコンサートの当日を迎えることになった。

私たちは、大学から楽器などを運ぶのに、トラックの業者に仕事を依頼した。

それ以外の部員は、自宅から直接コンサート会場へと向かった。

会場は、都内にある東京公会堂だ。客席数は全部で四百ある。

私たちは、トラックが会場に到着すると楽器などをトラックの荷台からおろして会場内へと運び入れた。その時、ドラムセットを置くための高さ十センチメートルの木の台も運び入れた。

ステージに高さ十センチメートルの木の台を置くと、私は、その上にドラムセットを組み立て始めた。部員たちは、ステージの床の上にはアンプなども並べた。マイクスタンドも並べた。

部員たちは、お昼の十二時になって、自宅から持ってきたお弁当を食べ始めた。昼食が終わると、私たちは、歯磨きをしてからメイクして衣装に着替えた。

そして一時からリハーサルが行われることになった。

部員たちは、全員でステージの上に立った。

全て本番通りに行われる。まず開演のブザーが鳴ってから、幕が上がった。

「ワン、トゥ、スリー、フォー」

私はスティックを鳴らしてカウントをとった。バックバンドの私たち三年生の三人はイントロの演奏を会場内に流した。部員たちの歌声が響き渡った。

出だしは順調だった。いつもの練習通りに曲は続いた。

その時だった。私は、ドラムを強く叩いた時に、手からスティックを跳ね飛ばしてしまった。ドラムの音が途絶えた。楽器は、エレキギターとエレキベースの音だけが会場内に流れた。ミカとケイが私のことを見た。私は、手から落としたスティックを床から拾うと、何事もなかったかのように、リズムを刻み始めた。でも内心、私は動揺していた。その動揺は、一部の最後の曲の時に出てしまった。私は、八拍ドラムを打ち鳴らすところで、リズムが走ってしまったのだ。その時も、ミカとケイは私のことを見た。一部が終わり幕が降りた。十五分間の休憩に入る。

私たちは、一旦楽屋に入って、椅子に腰かけた。

「どうしたの？　ドラムが止まって、私、ビックリしたよ」

ケイが私に言った。

「ゴメン。スティックが飛んでしまって、それを拾っていたの」

「一部の最後の曲で、リズムが走っていたよ」

「うん。悪い。私、焦っちゃって」

私がそう言うと、ケイは、残念そうな表情をした。

「私たち、今日のために、今まで頑張ってきたんだよね？」

「うん」

「落ち着いていこうよ。いつも通りでいこうよ」

「うん、わかった」

「まあ、いいよ。気を取り直していこう」

ミカが言った。

「二部は、普段と同じ調子でやろうね」

ケイが言った。そして、私たちは、リハーサルの二部へと向かった。

二部は注意深くドラムを叩いて、無事に終えることができた。

リハーサルは予定通り、ちょうど三時に終わった。

その後は五時開場で、六時開演となる。

私たちは、ステージの上で反省会を行った。

ケイは、前へ出て、部員たちに言った。

「みんな、声がよく出ていて、きれいにハーモニーを奏でていて、とても良かったよ。本番もこの調子でいこうね。開演は六時です。五時五十分までには、自分の位置に立って用意して下さいね。それでは、それまで各楽屋に戻って休憩して下さい」

部員たちは、各楽屋へと入っていった。

「スティック二本、右側のドラムの側面にガムテープで予備用としてとめておいた方がいいんじゃない？」

ケイは、私のところへ来ると、そう言った。

「そうね。そうする」

私はケイに答えた。

実は、私は個人的に、それ以外にも問題があると思っていた。バスドラムのことだ。

バスドラムとは、右足の足元の床の上に置いてある丸い大きなドラムのことだ。

バスドラムには、ビーターと呼ばれるバチが付いていて、そのビーターを右足で踏んでバスドラムを叩くことによって、音が出る仕組みになっている。私は、いつも練習の時右足でビーターを踏むたびごとに、少しずつバスドラムが前方へ動いていってしまうのが悩みだった。

でも本番当日は、ドラムセットは、高さ十センチメートルの木の台の上に組み立てられている。それで私は、木の台の上に、釘を二本打ち立てた。その後ろにバスドラムを置いた。これで、バスドラムが、前方へ移動してしまうのを防ぐことができるはずだ。

私は、ビーターを踏んで、バスドラムを打ち鳴らした。バスドラムの位置は、全く変わらなかった。私は何回も強くビーターを踏んで、そのことを確認した。

大丈夫だ。これなら思いっ切りバスドラムの音を打ち鳴らすことができる。

そして右側のドラムの側面にスティック二本を予備用としてガムテープでとめた。

私は、もう二度と、本番では失敗しないぞと心に決めた。

私は楽屋に戻って、ミカとケイの三人で休憩した。

そして開演十五分前になった。

「行こう」

ミカが言った。

「いつも通りの調子でやろう」

ケイが言った。

「本番は大丈夫。まかせて」

私は言った。

私たち三人はステージへと向かった。部員の皆は、もう自分たちの位置に立っていた。

ブー。

ブザーが鳴って、幕が上がった。

「ワン、トゥ、スリー、フォー」

私は、スティックを鳴らしてカウントをとった。イントロが会場内に流れた。部員たちの元気な歌声が会場内に響き渡った。私は、思いっ切りバスドラムのビーターを踏んでいた。

「いける。いい調子」

私は、心の中で自分に声をかけた。

一曲目が終わり、司会の開演の挨拶が始まった。

私は会場を見た。ステージの上からは、意外と会場は、はっきり見えるものだ。

四百の客席は、ほぼ満席状態だ。

「よし。張り切っていこう」

私は、また、心の中で自分に声をかけた。曲は順調に進んでいった。

一部の最後の曲になった。ケイが私の方を見た。そしてリハーサルでリズムが走ってしまった八拍のドラムを叩くところへきた時、ケイが「走らないで」と言った。

私は、落ち着いて、八拍ドラムを叩いた。ケイは、にっこり笑った。

そして、幕がおりて一部が終了した。十五分間の休憩時間になった。

部員たちは、一旦楽屋へ戻っていったが、バンドの私たちは、そのままステージの上にとどまっていた。

「チエちゃん、いい調子だったよ。二部もこのままの調子でいこうね」

ケイが私に言った。

「うん。ありがとう」

「エンディングは、情緒的に演奏して、最後、感動的に幕をおろそうね」

ケイが言うと、私たちバンドの三人は、頷き合った。

部員たちが楽屋から戻ってきて、自分たちの位置に立った。二部の開演を知らせるブザーが鳴った。幕が上がった。

「ワン、トゥ、スリー、フォー」

私は、いつものようにスティックを鳴らしてカウントをとった。

二部も順調に曲は進行していった。

そして、残り一曲を残すのみとなった。

部長の挨拶の場面になった。

ミカがステージの前へと出ていった。

「会場の皆様、本日は、御来場いただきありがとうございました。

残り一曲となりました。最後まで聞いて下さい。

今まで私たちを支えて下さった、家族の皆様。

私たちを応援して下さった友人の皆様。

そして遠くからいらして下さったお客様の皆様。

心よりお礼申し上げます。

本日は、ありがとうございました」

ミカは、バックに戻ると、エレキベースを肩にかけた。そして、私のスティックがカウントを始めた。会場内にイントロが流れてから歌が広がった。私は、重厚なおもむきで、スネアドラムを叩いた。会場内はシーンとなっていて、客席の皆が耳を傾けている様子だった。

私は最後に大きくシンバルを叩くと、ハイハットを力強く打ち鳴らした。そして曲が終わると、会場内から拍手が湧き起こった。拍手はいつまでも鳴りやまなかった。幕がおりた。

「やったね。私たち大成功だ」

ケイがそう言うと、私たちバンドの三人は、ガッツポーズをした。

そして、そのコンサート終了をもって、私たち三年生は、事実上、フォークソングクラブを引退した。私たち三年生は、それ以降、週に三回の練習には参加しなかった。一・二年生にバトンを手渡したのだ。実際、そのコンサートをもって、私は、自分の人生で一度もドラムに触れたことはない。もっと、ドラムを叩きたいなという気持ちはあったけれど、触れたいのに触れない方が、余韻が残って、いいような気がしていた。

フォークソングクラブの事実上の引退のあとは、私は、宮沢賢治の作品を読むことに集中した。私は、国文科のみゆきちゃんから、卒業論文に、宮沢賢治を提案されてから、彼の作品を読むことに決めていた。

そして三月になって、春合宿の季節になった。

私たち三年生の三人は、春合宿に遊びに来ませんかと、二年生から声をかけられていた。それで私たち三人は、春合宿のバスに一・二年生と共に乗り込むことになった。

私たち三年生は練習には参加せず、練習の見学だけさせてもらうことになったのだ。それに私たち三人だけで、ゆっくり語り合うこともしてみたいなとも考えていた。

合宿所での夕食後私たち三人は、三年生の部屋で、ゆっくりくつろいでいた。

「私たちも来月四月からは、四年生だね」

「フォークソングクラブで忙しくしていたから、あっという間の三年間だった」

「十二月には、卒業論文、提出しないとね」

「うん。私、もう本を読み始めている」

「卒業後は就職するの？」

「ええ、そのつもり」

「三年間くらいは働いて、社会勉強したいよね」

「そのあとは、私たちも結婚するのか」

「私は恋愛するタイプの人間ではないから、結婚はお見合いで決めると思う」

「お見合いかあ」

「その方が同じような生活環境の人と出会えて、価値観が一緒で生活しやすいと思う」

「私たち、年取った時、きっと学生時代のことを懐かしく振り返ると思う」

「そうよね。コンサートは一生の思い出になるわね」

私たちは、何を話すともなく、あれこれ語り合った。

四月になって、私は四年生になっていた。

就職は、母の知り合いの人の紹介で面接を受けて、食品会社で事務員として採用が決まった。卒業論文は、宮沢賢治を書いて、担当教授に、よく書けてますよと褒められて、成績はAをいただいた。

そして卒業式の日を迎えた。

その日はよく晴れていて、気持ちが良かった。私たち卒業生は黒の長いガウンに黒の四角い帽子を被っていた。式典後、私たちは、庭に集合した。フォークソングクラブの後輩たちが集まってくれていた。

「先輩、御卒業おめでとうございます」

私たち三人は、後輩からピンクのスイートピーの花束を受け取った。スイートピーの花言葉は『門出』『優しい思い出』。私たちは、後輩たちの温かい思いやりに感謝した。

「先輩、写真を撮りますよ。三人、ベンチに並んで腰かけて下さい。それでは、ハイチーズ」

カシャッ。私たちは喜びいっぱいの笑顔で写真を撮ってもらった。

もうすぐ私は六十五歳になる。もう一度、ドラムを叩けと言われても、もう今は同じことはできない。何事も、できる時にできることをしておくものだ。私にも若い頃があった。我が懐かしの学生時代。私には回想できる思い出があって良かった。私に幸福の人生を与えて下さった神様に、私は、今日も感謝の気持ちでいっぱいだ。

著者あと書き

私は六十五歳になりました。

新型コロナウイルスは未だに世界を占領しています。

でも、私は、自分の心を明るくしようと思って、青春時代について三つお話を書いてみました。

それは、友情・初恋・クラブ活動をテーマとしたものです。

私は、幸いなことに、幼少期から、青春時代にかけて、とても恵まれた時間を過ごさせていただくことができました。

友だちとは、とても大切な存在だと思います。心を明るくしてくれます。

もちろん、学校とは、勉学をする場かもしれませんが、友情を育んだり、クラブ活動を行ったりすることは、時として勉学をすること以上に、貴重なものを私たちに教えてくれます。

また、若い皆様の中には、この時期に初恋を体験する人もいらっしゃると思います。

若い頃に体験する初恋は、とても純粋で、甘酸っぱい香りのするものであると思います。

ぜひ若い皆様には、両親の愛に守られながら、若いエネルギーに満ちた青春時代を充実して過ごしていただきたいと思っています。

大人の皆様には、自分の若い頃を振り返り、自分の青春時代を懐かしく思い出していただきたいと思っています。

新型コロナウイルスの流行は、いつ終息するのかはわかりませんが、世界が一つとなって、未来へ向かって、前進していきましょう。

どうぞ読者の皆様方が、平安に毎日を過ごされますよう。

世界が愛と友情で結ばれ平和になりますよう。

私は、心から願ってやみません。

二〇二二年　春

小林とし子

【著者紹介】
小林とし子（こばやし　としこ）
1957 年、東京都生まれ。

私《わたし》たちの春《はる》

2023年1月26日　第1刷発行

著　者　　小林とし子
発行人　　久保田貴幸

発行元　　株式会社 幻冬舎メディアコンサルティング
〒151-0051　東京都渋谷区千駄ヶ谷4-9-7
電話　03-5411-6440（編集）

発売元　　株式会社 幻冬舎
〒151-0051　東京都渋谷区千駄ヶ谷4-9-7
電話　03-5411-6222（営業）

印刷・製本　中央精版印刷株式会社
装　丁　　弓田和則
装　画　　大石いずみ

検印廃止

Printed in Japan
ISBN 978-4-344-94342-1　C0093
幻冬舎メディアコンサルティング HP
https://www.gentosha-mc.com/